KB143729

숲의 작가 슈티프터와 함께 한
오스트리아 여행

보헤미아 숲으로

숲의 작가 슈티프터와 함께 한 오스트리아 여행

Adalbert Stifter

보헤미아
숲 으 로

정기호 · 권영경 지음

사람의무늬

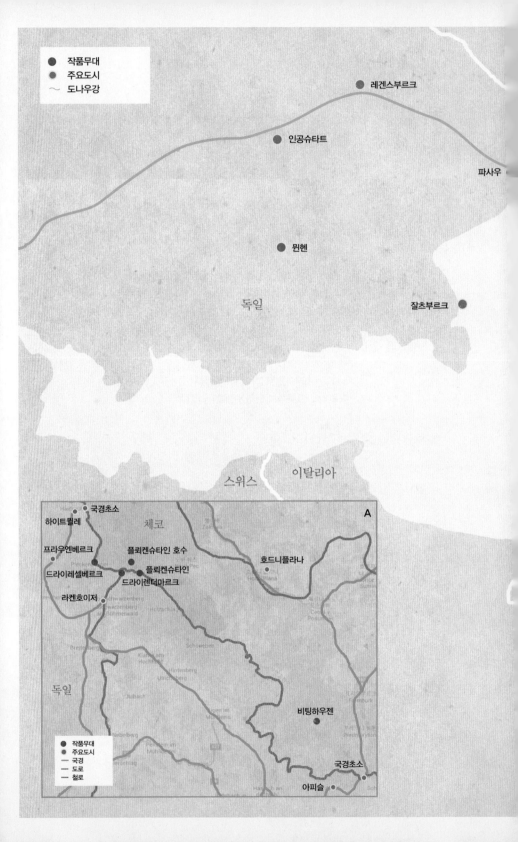

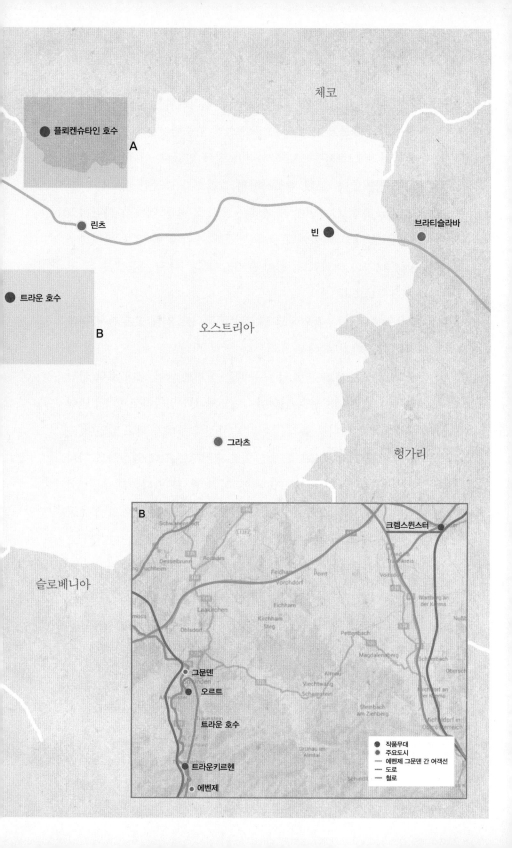

체코

플뢰켄슈타인 호수

A

린츠

빈

브라티슬라바

트라운 호수

B

오스트리아

그라츠

헝가리

B

Schwanenstadt

1311

크렘스뮌스터

Desselbrunn

Roitham

Pateis

Wartberg an der Krems

Puchheim

Feldham

Pont

Vorchdorf

Voitsdorf

Nußb

슬로베니아

Laakirchen

Eicham

Waldneukirchen

Kichham
Steg

Obisdorf

Pettenbach

Oberschl

mocs

Magdalenaberg

Schönbach

Almau

Steinbach
am Zehberg

Salzdorf an der Krems

그문덴

Viechtwang

오르트

Schwanneten

Michldorf in Oberösterreich

트라운 호수

Grunau im Almtal

트라운키르헨

Schindb

에벤제

● 작품무대
● 주요도시
— 에벤제 그문덴 간 여객선
— 도로
— 철로

오스트리아 유럽은 16, 17세기 두 차례 터키와 충돌했다. 유럽으로 진출하려던 오스만 투르크는 알프스의 험준한 지대를 피해 북상하여 최단거리에서 서쪽으로 향하다가 빈을 만났고, 이에 빈의 변경백은 결사 방어했다. 고대 페르시아와 그리스가 충돌한 페르시아 전쟁이 현재의 유럽 문화권이 형성되는 초석을 이룬 역사적 사건이었던 것처럼, 그 때의 터키와의 충돌은 근대 유럽의 한 장을 장식하는 유럽 동쪽 변경의 역사였다. 빈이 유럽권의 역사에서 주목받게 된 것도 그 즈음부터였다.

도나우 강은 남부독일에서 발원하여 동서로 길게 흐르면서 수많은 나라를 오가다가 흑해로 흘러든다. 남북 방향으로 흐르는 라인 강과, 동서 방향으로 흐르는 도나우 유역을 경계로 삼아 고대 로마 군단과 게르만이 서로 대치하고 있었다. 로마 제국이 멸망하고 몇 백 년이 흐르는 동안에도 도나우 유역은 여전히 사건의 무대가 되고 있었다.

라인 강 중류의 보름스를 중심으로 펼쳐지는 고대 영웅설화 하나가 중세시대 파사우의 어느 수도사에 의해 필사되었다. 〈니벨룽겐의 노래〉였다. 제1부와 제2부로 구성되어 제1부에서는 보름스의 부르군트 왕국을 무대로 이야기가 펼쳐지고, 제2부에서는 부르군트 왕국으로부터 지금의 헝가리에 해당되는 훈족의 왕국으로 가는 긴 여정이 그려진다. 보름스를 중심으로 라인 강 유역과 훈 왕국으로 가는 길목의 도나우 강 유역의 여러 곳들이 등장한다. 이야기가 흘러가는 경로를 지도상에 올려놓고 보면, 제1부는 보름스를 중심으로 오늘날의 아이슬란드, 노르웨이 혹은 스웨덴 등 유럽 문화권의 북쪽 최외곽과 점점이 엮여 있고 제2부는 헝가리를 지나 멀리 흑해로 흘러들던 도나우 강

빈 도심 보행자 거리

을 따라가는 중세시대의 긴 동서교역로를 등장시켰던 것이 뚜렷이 나
타난다. 북부 오스트리아는 그런 도나우 강 유역의 문화권에 속한다.

머리말

배낭에 챙겨넣은 책 한 권, 숲과 호수

배낭 하나 달랑 메고 다니는 여행이라 짐이 단출해야 했다. 카메라며 노트북이며 하는 디지털 용품에 충전 케이블 같은 것만 해도 벌써 배낭 절반을 차지하는데 그것들을 줄일 수는 없었다. 대신 옷 한 벌이라도 덜 넣거나 하다못해 양말 한 켤레라도 줄여야 할 일이었지만 배낭 틈 사이에 읽을거리 하나를 챙겨넣었다. 2003년, 순전히 여행을 목적으로 한 걸로는 첫 해외 나들이였다. 그 발단은 이랬다. 원고를 한번 검토해달라는 부탁을 받아 읽고 있었다. 슈티프터의 소설 〈호흐발트Hochwald(1840)의 번역원고였다. (2004년 〈보헤미아의 숲〉이란 제목으로 출판되었다.) 산정호수로 피신을 온 성주의 두 딸 이야기로 숲과 호수를 오가며 전개되는 이야기였다. 스토리가 흥미롭기도 했지만 소설의 배경에 숲과 호수와 드넓은 평원에 펼쳐지는 자연경관이 있었고, 거기 펼쳐지는 경관을 상상하는 것만으로도 충분히 즐거워지는 상황이었다. 한번 가보고 싶었다. 작품에 그려진 숲과 호수를 가까이서 만나봐야 제대로 번역이 될 거란 걸 명분으로, 소설 현장으로 떠났다.

소설을 챙긴 건 여행 도중 간간이 읽기 위한 목적도 있었지만 "책 한 권으로 가는 여행", 이를테면 소설을 여행의 중심으로 삼아 보는, 일종의 실험이었다. 소설의 현장이라지만 1,300고지를 넘나드는 체코 남부의 보헤미아 숲 지대로 떠난 길이었으니 그건 무모함에 가까웠다. 단지 작품 속에 그려지는 숲과 호수를 가까이 해보려 했던 것 외에 애초부터 이 여행에는 미리 정해놓은 대단한 목표 같은 건 없었다. 반드시 뭔가를 이루어야 한다는 구체적인 목표를 세웠다면 애초에 시작도 못했을 거다. 그게 "책과 함께 한 여행"의 시작이었다.

그 해의 여행은 체코 남부 보헤미아 지방의 산림지대 보헤미아

잘츠부르크. 정지선을 제대로 지키고 있는 자전거 행렬

잘츠부르크 거리의 마리오네트 인형 파는 여인. 잘츠부르크의 인형극 공연은 세계적으로 유명하다.

숲, 빈, 북오스트리아 잘츠캄머굿의 호수들을 두루 돌아보는 방식으로 이듬해까지 이어졌다. 〈보헤미아의 숲〉 외에 우리 여행에 길잡이가 되어준 것은 외딴 호수 한가운데에서 혼자 사는 백부를 찾아간 조카의 이야기(〈외로운 노인〉), 다락방에 세 들어 살던 가난한 화가가 남긴 일기에 적혀 있던 이야기(〈콘도르〉)였다. 모두 19세기 중반에 활동한 오스트리아 작가 아달베르트 슈티프터(1805~1868)의 작품들이었다.

　　슈티프터는 19세기 사실주의에 속하는 작가로 "숲의 시인"이라 불린다. 동시대 혹은 후대의 독일어권의 많은 유명 작가들로부터, 자연을 진심으로 이해하는 작가, 사려 깊고 놀랄 정도로 감동적인 세계 문학 작가로 높이 평가되어 왔다.

일을 하면서 몇 권의 책을 읽었네. 그 중 가장 좋았던 것은 슈티프터의 〈야생화〉였어. 며칠 동안 따사로운 7월의 저녁에 평온한 기분으로 다시 읽었지. 친구여, 작지만 얼마나 호감이 가고 매력적인 책인지 모르네!(헤르만 헤세의 정원일의 즐거움 p.99)

헤세는 여러 에세이에서 슈티프터를 자주 언급하였고 특히 〈늦여름〉, 〈야생화〉 같은 작품을 탐독하며 존경했었다. 자연에 침잠하여 자연을 관조하고 정성으로 관찰한 모습을 간결한 문체로 그려낸 필치, 남다른 눈으로 보고 느낀 감정을 소박한 글로 끄집어낸 것에 감명을 받았을 것이다. 우리의 여행에서 기대하고 있었던 것도 헤세의 그런 마음과 다르지 않았다. 숲과 호수, 오스트리아, 슈티프터, 이런 것들이 두 해 여행을 아우르는 키워드가 되었다.

EINGANG
BURGTHEATERFÜHRUNGEN
ergstr. 17-19
2 76 90
www.buero.at
512
ESKIMO

오스트리아

∧

중세시대의 성 비팅하우젠과 보헤미아 숲

깊숙한 곳 고산 정상 가까이의 플뢰켄슈타인 호수

$\bigwedge$

오스트리아

오스트리아의 지역과 문화

행정구역상 나뉘는 지역명과 무관하게 나름의 방식으로 이해하기 쉽
게 생각하면 오스트리아는 지형의 특성에 따라 북부의 저지 오스트리
아와 남부의 고지 오스트리아로 나눌 수 있다. 남부의 고지 오스트리
아는 동쪽으로 동유럽 문화권의 헝가리 등과 이웃하면서 알프스 산맥
의 동쪽자락을 이루고, 거기에 수도 빈이 자리하고 있다. 서쪽으로는
스위스와 이웃하여 국토의 대부분을 할애하여 길게 벋어나가 본격적
인 알프스 산지 지역을 이룬다.

독일 남동부의 슈바르츠발트에서 발원하여 울름을 지나, 뮌헨 북
쪽 평원을 가로질러 인골슈타트, 레겐스부르크를 스쳐지나 오던 도나
우 강은 독일과 체코의 경계를 이루는 높은 산지에 막혀 남동쪽으로
흘러내려 국경도시 파사우에 이른다. 파사우를 지나 오스트리아로 들
어온 도나우는 남동쪽으로 한참을 흘러내려 북오스트리아의 린츠에

빈 시청사 앞 광장. 빈 시내 곳곳에는 매년 여름휴가를 떠나지 못한 시민들과 빈을 찾아온 여행객들을 위한 다양한 문화행사가 펼쳐진다.

빈 도심 보행자거리

이르고, 다시 동쪽으로 한참을 가서 빈과 바로 이웃한 헝가리 브라티슬라바로부터 루마니아, 불가리아 등 동유럽 여러 나라를 경유하여 흑해로 흘러든다. 도나우의 전체 길이 중 극히 일부 구간이 오스트리아의 북동부를 스쳐 지나갈 뿐이지만 도나우가 오스트리아의 상징으로 널리 인식된 것은 요한 슈트라우스의 덕일지 모른다.

도나우 유역은 고대와 중세의 중요한 역사적 무대였고, 도나우 유역을 중심으로 한 북오스트리아는 역사의 무대에서 상당히 오랜 세월을 거슬러 올라간다. 중세의 영웅설화 〈니벨룽겐의 노래〉에서도 빈은 그저 평범한 여러 곳 중 하나로 잠시 등장했던 만큼 그때만 해도 빈은 아직 역사의 무대에서 이렇다 할 만큼 이목을 끄는 곳은 아니었다. 수 세기가 지난 뒤 동유럽 쪽을 공격해온 오스만 투르크의 침공과 마주하면서 역사의 중앙 무대로 부상했다. 오스트리아의 합스부르크 왕가는 빈을 중심으로 헝가리를 비롯한 동유럽과의 관계에서 세를 키워왔고 19세기 오스트리아-헝가리 제국 시절의 황금기를 맞았다. 빈은 오스트리아 동부에 치우쳐 있으면서 오스트리아의 수도이자 그 일대의 중심지 역할을 했고, 그 외에 알프스를 중심으로 남쪽과 북부에는 그라츠와 린츠가 각각 지역의 중심지 역할을 담당해 왔다.

18세기 예술가들의 고향, 빈

18세기의 빈은 유럽 각지의 예술가들이 모여들던 예술가들의 낙원이었다. 슈트라우스 부자가 등장하기 오래전, 빈에는 하이든, 모차르트, 베토벤, 슈베르트 등 명성을 떨친 음악가들이 연이어 등장했다.

베토벤은 모차르트를 만나러 독일 본으로부터 음악의 중심 고장

빈에 왔다. 모차르트와 스승과 제자로서 잠시 인연을 쌓았다. 베토벤은 병상에서 비서 쉰들러가 건네준 원고 뭉치를 받고 그 인연으로 병상의 베토벤이 슈베르트를 만났다고 한다. 모차르트와 베토벤 그리고 베토벤과 슈베르트는 서로 스쳐 지나면서 한 세대를 풍미하며 빈에 둥지를 틀고 있었다.

18세기, 베토벤과 슈베르트가 활동하던 고전파와 낭만파 음악사조의 중심이던 그 시대의 빈은 어떤 곳이었을까? 빈은 지정학적으로 유럽의 중심이 되기에는 불리했지만 마리아 테레지아 여제 시대에 합스부르크는 다른 나라 왕실과의 혼인으로 관계를 맺으면서 전 유럽의 광범위한 지역을 장악하고 있었다. 마리아 테레지아 여제 이후 그들의

빈

시대는 훗날 헝가리를 병합한 오스트리아-헝가리 제국의 전성시대의 빈으로 이어져갔다.

빈의 칼스키르헤, 시청사, 빈 대학은 모두 링슈트라세의 대로변에 자리한 공공건축이자 빈을 대표하는 기념비적인 건축들로 역사도시로서의 면모와 예술의 도시로서의 특성을 마음껏 내보인다. 여기에 구도심 거리에서 관광객들을 실어 나르는 마차도 빈을 특징 있는 유럽 도시로 만드는 데 한몫을 한다.

그라츠, 알프스 너머 오스트리아 제2의 도시

알프스 이북의 유럽 지역에서 이탈리아로 가자면 반드시 알프스를 넘어야 한다. 프랑스나 독일의 서남부 지역에서 출발한 경우라면 스위스를 종단하여 고타르 같은 알프스의 험준한 고갯길을 넘어서서 곧장 이탈리아로 들어선다. 독일의 동부나 동유럽으로부터 내려오자면 오스트리아를 거쳐 옛날 괴테가 이탈리아 여행을 가면서 넘었던 브레너 같은 고갯길을 지난다.

북부 오스트리아 쪽으로 내려앉으면서 다소 세가 약화된 산맥은 큰 원호를 그리듯 휘돌아 빈과 그 일대의 동부 오스트리아 평지 아래로 사라진다. 빈에서 남부 오스트리아 제2의 도시 그라츠를 찾아가자면 빈 일대의 평지로부터 점차 험한 산세를 이루는 커다란 알프스의 산세를 거슬러 가게 된다. 빈에서 출발한 기차는 얼마 지나지 않아 험한 산길을 꼬불꼬불 달리는 산악 열차가 된다. 급행열차지만 거의 완행열차 수준이다. 멀미가 날 지경으로 덜컹거리고 구불텅거리는 험한 길이지만 그래도 명색이 알프스를 종단하며 달리니 알프스 종단열차

그라츠

란 이름을 붙여줄 만하다. 빈과 그라츠 사이로 알프스의 동쪽 끝머리의 마지막 기세가 맹렬히 살아 움직이는 것이다.

그라츠는 알프스를 넘어서서 남국의 기후가 시작되는 곳으로 남부 오스트리아의 중심 도시다. 나름의 역사와 문화예술의 바탕을 가지고 있고, 오스트리아 제2의 도시라고 하는데, 규모로 보자면 빈에 비할 수 없이 작다.

20세기로 접어들던 즈음의 현대문화가 꽃피던 시절, 그라츠는 유럽을 선도하던 오스트리아 건축의 산실이었다. 유럽에는 매년 한 도시를 그 해의 유럽 문화수도로 선정해서 몇 년간의 준비기간을 거쳐 그

그라츠. 2003년, 그라츠는 유럽 문화수도로 지정되어 도심 일원에 다양한 문화행사와 환경개선사업이 펼쳐지고 있었다.

도시의 문화와 예술을 널리 알리는 등 노력을 한다. 마침 그라츠를 간 때는 이 도시가 유럽 문화수도로 지정된 해였다. 여러 가지 다양한 행 사를 하고 도시 곳곳에 뭔가를 해놓느라 애를 쓰는 모습도 눈에 띄었다. 강 위에 띄워놓은 유리 구조물, 도심 한가운데 흩어놓은 콘크리트 덩어리, 그라츠에서는 곳곳에 펼쳐놓은 설치예술 작품들이 거리를 수놓은 새로운 가로경관의 볼거리 역할을 했다.

그라츠 도심을 가로지르는 하천 한가운데 뚜껑이 없는 원형극장 같은 모습의 유리 건조물이 떠 있다. 물 위에 둥둥 띄워놓은 뚜껑 없는 그릇 같은 기능 외의 다른 무엇도 없는, 야외 공연장 같다. 도심 한복판 작은 광장에는 뜬금없이 커다란 집채만한 둥그런 공 같은 모양의 콘크리트 덩어리를 여럿 던져놓았는데, 지나가는 사람들이 눈길도 주고 아이들은 거기 기어 올라가서 스릴 만점의 모험놀이를 하고 있으니 나름 제 구실은 하는 것 같다. 중심가로 좀 더 들어가서도 수수께끼 같은 설치미술 게임은 여전하다. 5층 높이의 멀쩡한 건물을 덮어씌운 곡면의 유리건축, 한창 공사 중에 외벽의 마무리 작업이 진행되는 동안이어서 어떤 결과를 예측할 수는 없지만, 아무리 해도 일반적인 건축물은 아닌 듯하다. 알, 애벌레, …이런 식으로 SF 영화 〈고질라〉를 떠올려보면 의외로 잘 맞아떨어진다. 현대건축 혹은 현대 도시경관의 스토리텔링, 그런 실험건축으로 봐주어야 하나 싶기도 하고, 참 난해한 예술이거나 혹은 참 쓸모없이 치기 어린 키치 같다.

잘츠부르크, 잘츠캄머굿의 호수지방
그라츠를 떠나 빈으로 되돌아가는 반대 방향으로 북부로 달려가면 잠시 험한 계곡과 산길을 지나 철로 양옆으로 알프스 준령과 나란히 달려가는 평탄한 길이 나오고 철로 양쪽으로는 온통 녹색의 알프스와 초

잘츠부르크

원의 전원경관이 펼쳐진다. 잘츠부르크를 가려면 중간 기착 역에서 한참을 더 기다린 후 독일 내륙으로 달려가는 급행열차로 환승한다. 기왕이면 직행이 편하겠지만 조금 귀찮고 피곤은 해도 환승기차를 기다리는 잠시 동안의 시간은 만년설을 머리에 인 알프스 준봉의 장엄함이 따가운 여름 햇살에 대비된 장관을 만나게 해준다. 일부러 찾아가서 만나는 알프스와는 다른 맛의 아름다움과 마주할 수 있다.

잘츠부르크는 독일과 국경을 마주하고 있다. 음악의 도시, 모차르트의 도시이기 전에 소금광산으로 부가 집중되던 도시이고, 중세 초기부터 일찍이 로만 가톨릭의 대주교좌로서 알프스 이북의 거점으로 되어 있었다. 그런 관계로 알프스 이북의 작은 로마라 칭해지기도 하지만, 현실적으로 보자면 잘츠부르크는 국경도시다. 모차르트 덕에 세계적인 도시가 되었고 역사도시로서의 명성도 보통 이상의 세계적 수준이지만, 우리에게 보다 친밀하게 다가오는 것은 영화 〈사운드 오브 뮤직〉 덕일 것이다.

린츠, 도나우 강변의 오스트리아 셋째 도시

잘츠부르크를 떠나 도나우 강을 따라 동서로 이동하는 경로를 따라 북동쪽으로 한참을 가면 도나우 강변에 자리한 오스트리아 세 번째 도시 린츠가 나온다. 린츠는 오스트리아를 대표하는 역사도시로서, 수도 빈이 갖추고 있는 역사도시의 면모와는 비교가 되지 않지만, 이 도시 나름의 성격은 뚜렷하다.

강변에서 약간 떨어져 있는 광장을 중심으로 구시청사와 중요한 공공시설들이 모여 있어서 어렵지 않게 거기가 역사적으로 구도심지

린츠. 도나우 강변의 둔치녹지

린츠, 도나우 강변과 렌토스

역인 걸 알 수 있다. 역사도시의 인상에 못지않게 현대도시로의 면모도 잘 갖추고 있다. 잠시 도나우 강변을 거닐어 보면 도나우 강변과 밀접한 관계를 이루고 있는 현대도시의 면모가 한눈에 드러난다.

린츠의 도나우 강변 녹지 한가운데 렌토스란 이름의 온통 유리로 벽면을 두른 장대한 건축물은 린츠의 현대미술관 렌토스LENTOS다. 강변녹지에 버젓이 들어선 과감한 개발, 오히려 그 밑바닥에 깔린 계획의 도가 인상적이다. 미술관을 들어가 보지 않고 밖에서만 있어 보아도 현대건축이 해야 할 이야기, 어떻게 하는 것이 기존의 도시와 주위의 자연환경과 함께 가야 할 건축적인 소통인지를 몸으로 말해주는 것 같다.

렌토스는 전체 130미터에 이르는 긴 건축물로 건물 전체가 온통 유리로 둘러싸였는데, 특이하게도 가운데 그 절반에 달하는 60m 길이로 뻥 뚫어 거대한 바람 길을 뚫어놓았다. 1층 지반층부터 날려버렸다. 그냥 멋을 내느라 그랬다면 공연히 힘만 뺀 소모성일 뿐이겠지만 군이 그렇게 한 중요한 의도가 있고, 그 효과가 공공성을 띠고 공익을 위한 공공선의 개념에 입각한 것이라면 전혀 다른 이야기가 된다.

린츠 렌토스

∧

알프스

　보통 알프스라고 하면 스위스, 몽블랑, 마터호른, 융프라우 같은
만년설이 덮인 뾰족한 봉우리 한둘 정도는 끼어 있는 아름다운 풍경의
그림을 떠올리겠지만, 유럽에서 알프스는 생각보다 널리 광범위하게
쓰인다.

　가장 대표적으로는 스위스의 산악을 떠올리게 되지만, 어떨 때는
오스트리아의 산악지대를 포함시키고 또 어떨 때는 남부 독일의 준봉
추크슈피체 같은 것까지도 포함하여 남부 독일과 스위스 그리고 오스
트리아 일대의 산악지대를 알프스라 부르기도 한다. 이 경우 알프스는
남부 유럽의 고산지대를 통틀어 이르는 말이다. 백과사전적인 개념으
로 보자면 몽블랑(4,810m)을 최고봉으로 하여 슬로베니아를 동쪽 끝으
로 하고 서쪽으로 프랑스까지, 동서로 넓게 펼쳐져 독일, 스위스, 이탈
리아, 오스트리아의 여러 나라를 아우르는 거대한 산맥을 일컫는다.

　스위스를 중심으로 보자면 알프스 권역의 관문으로, 남프랑스에

잘츠캄머굿 고자우 호수에서 바라보이는 다흐슈타인 정상

환승역 플랫폼. 산 정상에 걸쳐 있는 구름과 만년설처럼 보이는 암반이 만든 장관. 열차 차창 밖으로 우연히 만나는 이런 경관은 오스트리아를 배낭 여행하는 사람들이 덤으로 받는 선물이 될 수 있다.

중부 오스트리아의 알프스, 그라츠-잘츠부르크 간 차창 밖에 펼쳐지는 경관으로 보자면 오스트리아는 스위스에 비해 비교적 넓은 들판을 끼고 있다.

서 들어오는 길목에는 제네바가 있고, 독일과 북부 프랑스에서 들어오는 길목에는 바젤이 그리고 이탈리아와의 접경에는 루가노가 자리한다. 오스트리아 역시 알프스와 긴밀하다. 전국 대부분이 동부 알프스 권역에 들면서 알프스 산자락에서 여러 문화권을 이루고 있다. 오스트리아는 스위스처럼 알프스에 완전히 갇혀 있지는 않다. 즉 스위스가 바젤, 제네바, 보덴 호수처럼 극히 일부에서 열린 계곡을 따라 외부와 연결되는 가운데 산악의 골을 따라 갇혀 있다시피 옹기종기 들어앉아 도시 거의가 알프스 산악에 둘러싸인 계곡 저지대에 입지해 있다면, 북부의 잘츠부르크, 린츠, 빈같이 오스트리아의 중요 도시들은 북부와 북동부의 알프스 산악지대를 벗어난 넓은 평지에 발달되어 있다.

알프스의 알름 산장으로 가자면 보통은 케이블카로 정상 부근까지 올라온 후 다시 등반을 하여 정상에 닿는다. 알름의 산장은 거기서 다시 연봉을 따라 능선 종주를 하는 알프스 등반의 시발점이 되기도 한다. 케이블카는 정상으로 오르는 관광용 시설만으로 쓰이지 않는다. 거의 수직에 가까워 도저히 오를 수 없는 가파른 험한 산악구간을 거쳐 정상 가까이에 사람과 물자를 올려주고, 거기서 등반을 시작하도록 해주는 고산지대 알름의 운송수단이자 등반객들을 위한 편의시설이 되기도 한다.

트라운 호수의 포이어코겔

오스트리아의 잘츠캄머굿에는 알프스 산록의 거대한 호수들이 널려 있다. 호수 둘레의 높은 봉우리에 오르면 발아래 까마득히 호수를 끼고 펼쳐지는 광활한 경관을 만날 수 있다. 잘츠캄머굿 지방에서는 이런 고산 정상부를 코겔이라 부르는데, 코겔들은 대부분 케이블

트라운 호수의 가파른 기슭, 에벤제에서 포이어코겔로 가는 계류변의 산골마을, 포이어코겔 정상의 겁
없는 까마귀.

알프스와 원경 파노라마. 포이어코겔. 체코 남부의 보헤미아 숲까지 한눈에 조망될 정도로 원경의 파노라마가 펼쳐진다.

카를 타고 올라가서, 다시 완만한 고산 등산로를 따라 한참을 가야 된다. 포이어코겔, 혹은 에를라코겔 같은 곳은 케이블카를 이용해 트라운 호수의 여행자들이 쉽게 접근할 수 있는 대표적인 곳이다. 코겔에 올라서면 날은 쾌청하고 햇살이 따가워도 바람은 정신없이 몰아친다. 끈이 없는 모자는 여지없이 휙 날려 보낼 수 있다. 세찬 바람의 영향으

오스트리아 포이어코겔 정상부

스위스 마이엔펠트의 알프스. 만년설이 덮인 듯 암석으로 이루어진 정상. 그 언저리에 요한나 슈피리의
〈알프스의 소녀 하이디〉의 무대 알름 초원과 산장이 펼쳐져 있다.

로 나무는 모두 키가 작다. 이런 고산지의 목초지를 알름이라 한다. 지
금도 목초지에 젖소들을 방목하고 있지만, 세찬 바람, 새로운 식생, 고
산지의 넓은 초지를 만나는 인기 있는 트래킹 코스가 되기도 하여, 겨
울에는 끝없이 이어지는 스키장으로, 여름이면 스틱을 짚고 가는 노르
딕 루트가 되기도 한다. 알름휘테라 부르는 산장과 고산의 여름 초지
알름이 서로 어우러지고 눈 아래로는 끝 모를 까마득한 곳에 반짝이는
호수가 연무를 드리운다. 이런 그림 같은 풍광을 만나는 거야 그저 쉽
고 또 감동스러운 장면들이지만, 몇 시간 코겔을 등반한 걸로 알프스
를 만났다고 할 수는 없을 것 같다.

거친 알프스와 하이디

전문용어로 보자면 경관은 풍경을 대하되 거기 사는 사람들의 이야기와 함께 삶의 현장으로써 바라보는 대상이 된다. 따라서 소설의 현장을 찾아가는 건 삶의 현장에 보다 가까이 다가가 본다는 의미가 된다. 슈티프터는 눈 덮인 알프스 설산을 그린 작품 〈베르크크리스탈(Bergkristal)〉을 남겼다. 갑자기 쏟아진 폭설로 산에서 조난당한 두 아이를 찾기 위해, 원수같이 지내던 두 부락 사람들이 합심하고, 크리스마스이브에 동굴에서 몸을 피하고 있던 아이들을 찾는다는 스토리인데 다흐슈타인을 무대로 한 걸로 알려져 있다.

알프스 등반객들이 그들의 여정을 시작하는 등반센터, 호반의 케이블카 스테이션 앞에 서면 호수 너머로 웅장하게 버틴 백설의 산 정상이 낯선 여행객을 압도한다. 두 아이들이 폭설을 피해 찾아들어간 동굴, 만년설 덮인 정상 가까운 곳의 동굴은 산 정상 어디쯤 될 것 같지만, 크리스마스가 임박한 어느 한 겨울, 폭설에 갇혀 조난당한 아이들의 이야기 〈베르크크리스탈〉은 여행자로서 뒤쫓아볼 수 있는 범위 밖인 것 같다.

알프스를 더 가까이 알아가기에는 스위스 작가 요한나 슈피리(1827~1901)의 〈하이디〉(1880)가 좋을 것 같다. 슈피리는 〈하이디〉를 통하여 알프스와 거기서 살아가는 사람들의 모습을 잘 그려주었고, 우리는 이 작품을 통해서 알프스의 면면을 만날 수 있기에 충분히 기대할 만하다. 하이디가 진짜 유명해진 것은 슈피리의 소설이 아니라 일본 애니메이션을 통해서였다. 1970년대 일본에서 제작된 TV 방송용 장편 애니메이션 〈알프스의 소녀 하이디〉는 요한나 슈피리의 〈하이디〉를 세계적으로 알려주었다. 소설이든 애니메이션이든 〈하이디〉는 여행자로 하여금 알프스에 다가가기 좋게 자연 풍광과 거기 살아가는 사람들 이야기를 잘 버무려놓았다. 1970년대 〈하이디〉를 애니메이션으로 제작하려던 일본 제작팀은 〈하이디〉의 무대 마이엔펠트를 꼼꼼하게 취재했고, 일본 특유의 그림과 색채로 마이엔펠트와 알름 일대의 알프스를 입이 딱 벌어질 만큼 생생하게 재현해주었다. 애니메이션의 스토리며 주제가며 어느 하나 빠지지 않을 수준의 명작이었다.

〈하이디〉의 고향, 마이엔펠트를 가보지 않았더라면 알프스의 소녀 하이디는 정말 골짜기의 소녀인 줄 알 뻔했다. 마이엔펠트는 스위스의 평균 수준에서 보자면 차라리 교통요지에 속한 동네다. 바젤, 제네바, 루가노와도 견주어볼 만한 정도로 바깥세상과 완전히 열린 기나긴 계곡 언저리에 있다. 알프스의 하이디, 하이디 마을, 스위스 마이엔펠트는 작가가 하이디 이야기를 구상한 동네지만, 지금의 그곳은 스위스의 교묘한 상술이 결합되어 잘 개발된 관광지로 많은 일본 관광객들이 찾는다. 스위스의 민속 향토문화로서 알프스 특유의 생활환경을 이해하는 데 큰 도움을 준다.

마이엔펠트의 하이디도르프, 즉 하이디 마을은 마이엔펠트에서 알프스 산 위의 알름으로 올라가는 중간 즈음에 있는 작은 마을인데, 몇 채의 농가들이 모여 있는 산간 취락에 하이디하우스라 해서 스위스 토속 농가를 민속촌처럼 보존해놓은 농가를 갖추어놓았고, 물론 기념품 매점도 있어서 잠깐 동안 하이디와 알프스 산간 마을을 만날 수 있게 해두었다. 하이디도르프에서 다시 가파른 산길을 꼬불꼬불 돌아 올라가서 짙은 숲을 지나 까마득히 높은 곳의 넓은 초원 알름과 외로이 있는 알름산장까지 갔다 오는 테마 산책로도 마련되어 있다. 하루 혹은 한나절을 투자하여 하이디를 따라 알프스의 삶과 경관을 체험할 수 있다.

단기간의 여행자 입장에서 생각해보자면, 하이디를 통하여 만난 마이엔펠트의 알프스의 일상들을 포이어코겔의 알름으로 가져와 본다면 그걸로 야생과 원시의 알프스에 다가가는 좋은 방법이 될지도 모르겠다.

포이어코겔

고산지대로 올라가면 세찬 바람에 나무도 키를 키우지 못해 나지막해진다. 한쪽으로 쏠려 불어오는 바람 때문에 나무도 사람도 모두 한쪽으로 기우뚱해진다. 어떤 곳에는 까마귀 떼가 사람들이 몰려드는 산장 주변을 서성인다. 이들 역시 바람에 쏠려 활공과 비상이 그리 여의치 못해 보인다. 사람을 무서워하지 않아 손 닿을 만큼 가까이서 뭘 얻어먹으려는데, 정작 겁먹는 쪽은 사람이다. 새들 머리가 주먹만한 크기로 느껴지는데 어쩌면 주먹보다 더 클지 모른다. 히치콕 감독의 영화 〈새〉처럼 금방이라도 덤벼들어 쪼아댈 것 같은 시커먼 깃털에 시커멓게 빛나는 눈동자가 무섭다.

오가던 수많은 발길에 다져진 길이지만 무의식적으로 몸을 한쪽으로 기울이게 되고, 가파르게 나가떨어진 경사면 아래의 까마득한 광경에 발끝으로부터 찌릿해오는 긴장감에 그저 놀랄 뿐이다. 코겔에서 내려다보이는 아래의 세상은 우리가 일상생활을 하는 곳인데, 여기서 보면 전혀 달리 보인다. 높은 곳에서 보이는 저 아래 인간세상은 조금

전까지 내가 있던 그런 곳이 전혀 아닐 것 같다.

　　때로는 만년설처럼 온통 새하얀 석회암, 대리석의 덩어리가 되어 있는 하얀 정상, 또 실제 만년설이기도 한 거대한 빙벽과 초원이 어우러진 가운데, 까마득히 절벽을 이루며 호수 수면으로 내리꽂혀 있는 날카로운 산, 투명하기까지 해 보이는 맑은 얼음 녹은 물의 호수, 산 그림자를 드리운 수면, 이런 광경에 잠시 취해 본다. 그러나 한여름 청명한 풍경 속에서 칼바람의 겨울의 알프스 산정은 대체 그려지지가 않는다.

고자우 호수와 츠비젤알름

고자우 호수와 츠비젤알름

빈

문화와 예술의 도시, 수많은 음악가와 화가 들을 보듬었던 곳,
그리고 왈츠, 합스부르크 왕가의 오랜 역사와 함께 남겨진 건축들,
도심과 외곽의 화려하고 장대한 궁과 궁원들…

소설 〈콘도르〉
(1840)

주인공, 화가 지망생 청년은 새벽하늘을 관찰하는 걸 좋아했다. 다락방 셋방에 망원경을 설치해놓고 이슥한 밤, 창밖으로 동이 트는 아침의 빈의 도시, 지붕 위 세계를 살폈다.

그날도 청년은 새벽 동이 틀 무렵, 망원경을 통해 하늘 위로 둥실 떠오른 열기구 콘도르호를 관찰했다. 그 시각 콘도르에는 짝사랑하는 아가씨 코르넬리아가 탑승해 있었다. 그 잠시 전, 동이 틀 무렵 항해 준비를 끝낸 열기구, 콘도르를 타고 갈 사람들에게는 곧 다가올 미지의 여행에 대한 기대와 불안함이 교차했다. 아침이 밝아오려는지 희미한 먼동이 트자 지금까지 따뜻하고 고요했던 대기에 바람이 일었다. 서늘한 아침 바람이 두 번이나 얼굴을 스쳤고, 산 위에서 흘러내리는 봄눈 녹는 소리도 분명히 들렸다.

사람들의 눈에 띄지 않도록 이른 아침 동이 틀 무렵 풍선을 준

빈 슈테판교회

비했다. 출발을 외치는 소리가 울려 퍼졌다. "용감한 콘도르가 나가
신다, 밧줄을 풀어라!" 이렇게 해서 그들은 대기의 품안으로 서서히
밀려들어갔다. (〈콘도르〉 p.21)

방안은 마침내 황금빛 햇살로 가득해졌다. 망망대해가 펼쳐지는
높은 창공에는 열기구들이 작은 배처럼 떠다니고 열기구선을 타고 가
는 용감한 사람들은 망망대해를 따라 순풍에 돛 단 듯이 서쪽으로 가
고 있었다. 밤새 잠을 못 이루고 빈의 밤하늘을 바라보다 먼동이 틀 무
렵, 창가에서 새벽하늘을 보던 젊은이는 아침 해를 배경으로 둥실 하

늘로 솟아오르는 열기구를 바라보았다. 두 개의 긴 구름층 사이로 문득 나타난 하늘의 엷은 띠를 보면 마치 어두운 창이 서서히 떠도는 것 같은 기분이 들었다. 재빨리 망원경을 잡고 하늘로 향했다. 거기에는 코르넬리아가 타고 있었다. 젊은이는 열기구를 타고 하늘 위를 오르는 사랑하는 연인 코르넬리아를 보고 있었다.

빈 공항

빈 공항에 도착한 건 예정 시간을 훨씬 넘긴 밤 12시가 넘은 시간이었다. 인천에서 빈으로 가는 직항로가 없어 프랑크푸르트로 갔다가 거기서 환승을 해야 했는데 환승할 비행기에 이상이 있어서 점검하느라 프랑크푸르트에서 출발이 세 시간 지체된 탓이었다.

처음 온 공항이라 해서 뭐 그리 낯설고 생소해할 건 아니고 12시

빈 대학의 기숙사 호텔. 빈을 비롯하여 그라츠, 잘츠부르크, 바트 이슐 같은 오스트리아의 여러 도시에는 강의가 없는 방학 동안에는 대학 기숙사를 일반 호텔 또는 호스텔로 운영한다. 빈에는 이런 기숙사 호텔이 세 곳이 있다.

바트 이슐의 기숙사 호텔. 호텔에서 잠시 걸어 나오면 숲속 오솔길이 나온다. 슈티프터의 〈숲속의 오솔길〉의 무대가 된 곳이다. 숲길을 따라 한참을 걷다보면 산 정상의 폐허가 된 성이 있던 곳에 닿는다. 거기서 내려다보는 경관은 그대로 한 폭의 그림이다. 고층 탑형 아파트 세 동이 기숙사 호텔이다.

가 넘었다는 것도 별건 아닌데, 문제는 시내로 들어갈 도리가 없다는 것이었다. 설마 비행기가 도착했는데 시내 가는 교통편이 없으랴 했는데, … 없었다. 다른 탑승객들은 아내나 남편 혹은 식구 중 누가 픽업하러 나왔거나 해서 모두 뿔뿔이 흩어졌다. 별도로 준비해준 셔틀 버스 같은 것도 없고, 무슨 수로 황량한 공항을 벗어나야 할지 그저 속수무책이다. 야심차게 출발했지만 우리의 여행은 처음부터 조금씩 어긋나고 있었다.

예약한 호텔은 문을 닫아버렸는지 전화를 받지 않고, 어떻게 해야하나 그러고 있다가 일단 시내로 들어가고 보자는 심정으로 택시에 올라

탔다. 우리의 사정을 파악한 택시기사는 기꺼이 우릴 도울 모양이었다.

"한군데 좀 특별난 데를 아는데 한번 그래도 가볼래? 이 시간이라 해도 어쩌면 프런트가 열려 있을 것 같은데…"

기사가 어디엔가 데려다준 곳은 시내 중심가에서 그리 멀리 떨어지지 않은 주택가에 자리한 대학기숙사였다. 기숙사? 그게 무슨 소리지? 대학기숙사지만 방학이라 강의가 없는 기간 동안에는 유스호스텔처럼 운영되는 모양이었다. 대학기숙사이니 시설이야 뭐 대단한 게 아니지만 그래도 거의 무전여행이다시피 다니는 입장에서는 더없이 싸서 좋다. 그렇게 당황스러운 가운데 빈의 첫날을 맞았다.

빈에는 이런 곳이 여럿 있다. 지은 지 오래되어 삐걱대는 마루에 문소리도 요란스러운 곳도 있고, 지은 지 얼마 되지 않은 상당히 쾌적한 중급 모텔 수준인 곳도 있다. 빈에만 있는 게 아니다. 그라츠, 잘츠부르크, 바트 이슐 같은 곳에도 이런 방식으로 운영되는 기숙사 호텔들이 한둘씩 있다. 남부 오스트리아 그라츠의 기숙사 호텔은 거의 호텔 수준인데 기숙사 호텔치고는 조금 비싸고 시내 중심가에서 외곽으로 많이 떨어져 있어서 불편한 점은 있지만 주변 환경도 좋고 인상적이다. 바트 이슐 기숙사 호텔은 타워형 고층 아파트다. 한 층에 공동의 거실을 중심으로 여러 방들이 둘러 있어서 만약 투숙객들이 없는 날에는 운 좋게 한 층을 통째로 사용할 수 있어서 대궐 같은 기분을 낼 수 있다. 게다가 유럽에서는 좀처럼 만나기 어려운 고층에서 내려다볼 수 있어 남다른 경험을 할 수 있다.

빈의 하늘 아래

슈티프터의 작품에는 언제나 오스트리아 북부, 체코 남부의 숲과 호수 그리고 높은 산악의 자연이 풍성하게 그려진다. 그런데 드물게도 〈콘도르〉의 무대는 대도시 빈이다. 슈티프터의 작품에서 도시가 등장하는 거의 유일한 작품이란 점에서 〈콘도르〉는 특별나다.

과학의 힘으로 열기구가 등장했다. 빈의 상공을 떠다니던 열기구 비행은 시민사회를 들끓게 한 첨단과학의 새로운 여가시설이었다. 〈콘도르〉에도 열기구가 나오는데, 그 열기구의 이름이 콘도르다. 빈 대학에 유학을 하면서 하루가 다르게 새로운 지식이 나오는 과학 발전의 시대를 겪으며 작가 나름대로 꿰뚫어보는 안목을 기르고 글로 옮기고 그림으로 표현하곤 했던 빈의 경험이 바탕이 되었을 것이다.

슈티프터는 생계를 위해서 귀족 자제들의 가정교사 노릇을 했다. 어느 날 그가 가정교사로 있던 슈바르첸베르크 공작 댁에서 일이었다. 주머니에 넣어두었던 습작 원고가 주머니 밖으로 삐죽 삐져나온 걸 제자 아이가 장난삼아 뽑아들고 쪼르르 엄마에게 가져다주었다. 원고를 훑어본 부인은 그 길로 출판사에 보여주었다. 〈콘도르〉(1840)는 그렇게 세상에 나왔고, 그게 슈티프터의 처녀작이었다. 이후 약 10년 동안 왕성하게 창작된 24편의 소설은 작품으로서도 성공을 거두었고, 그는 문학적 명성과 함께 경제적으로도 안정을 찾게 되었다.

소설의 화자(話者)는 우연히 어느 익명의 일기를 보게 되었다. 일기의 주인공은 다락방에 살던 어느 화가 지망생 젊은이였다. 일기에는 그가 관찰한 빈의 지붕 위, 밤하늘, 그리고 달빛 이런 것들로 버무려놓은 도시의 하늘 위 경관이 아름답게 펼쳐 있었다. 화자는 일기에 나온

도시의 인간세상 이야기 그리고 대기권 밖 별세상을 독자들에게 생생하게 전해준다.

습작으로 긁적여놓았던 원고뭉치, 소설 〈콘도르〉의 어떤 점이 슈바르첸베르크 공작부인의 마음을 움직였을까? 소설의 어떤 점이 1840년대의 빈 사람들의 마음에 가닿은 걸까?

> 코르넬리아는 주의 깊게 뱃전을 내다보았다. 아는 곳이라도 찾을 수 있을까 싶어 대기층을 뚫고 떠나온 지구를 내려다보았다. 지구는 햇살을 받아 밝게 반짝거리고 있었으나 모든 게 낯설었다. 고향을 떠올릴 만한 작은 마을을 일러줄 단서 하나 보이지 않고 거대한 숲 그림자는 지평선을 향해 뻗어나가고 있었다. 넓은 들판 같은데 강물만은 분명히 보였다. 늦가을 어두운 초원에서 가늘게 떨리는 은실 같은 강물은 황금빛 햇살에 어른거리고 있었다. (〈콘도르〉 p.23)

코르넬리아는 막 동이 트는 동쪽 끝과 서쪽 끝까지의 하늘 아래 빛나는 도시를 봤다. 고도를 더 높여감에 따라 한눈에 내려다보이는 지중해도, 급기야는 인간세상 지구를 통째로 그리고 대기권 밖의 광활한 우주를 맞이했다. 하늘 높이 콘도르에서 내려다본 빈은 참 아름다웠을 것 같다.

경관론 입장에서 보면 모든 문제의 답은 현장에 있다. 현장에 답이 있다지만, 거기를 찾아가보면 곧 바로 "아. 이거구나." 싶게 답이 우리를 기다려준다거나 그렇다는 게 아니라 책상 앞에서보다는 훨씬 우리들의 사고력을 높여주는 뭔가를 마주할 수 있다는 이야기다. 〈콘도

르〉가 주는 흥미로운 세계를 만나려 콘도르 같은 열기구를 타고 빈 상
공에 올라갈 수는 없지만, 대신 성슈테판 성당 첨탑에 올라 빈의 시내
를 내려다볼 수 있다. 슈티프터는 직접 열기구를 타고 상공으로 올라
가 봤을까, 혹 아니라면 이렇듯 교회 첨탑에 올라 도시를 내려다보며
빈의 상공을 그려보고 그랬을 것도 같다. 거기에 더해 빈 시내를 벗어
나 멀리 알프스 준봉의 코겔 같은 곳을 찾아가 고산의 정상에서 눈 아
래로 펼쳐지는 인간세상의 호수와 들판과 동네를 내려다보기도 한다
면 〈콘도르〉에서 내려다보는 고도에 따른 다양한 시각의 경관을 더듬
어볼 수 있을 것 같다.

　　일단 빈 시내를 두루 다니며 이 도시와의 대면을 시작한다. 슈바
르첸베르크 궁 앞을 서성거려도 보고, 도심 보행자거리 한복판 빈 시
내의 슈바르첸베르크 저택을 올려보며 첨단적 사고, 흥미로운 과학상
식, 끝없이 성장하는 빈의 시민사회, …뭐 이런 키워드들을 떠올려보
기도 한다. 밑도 끝도 없이 떠오르는 그런 막연한 느낌들을 뭉뚱그려
〈콘도르〉가 다룬 이야기, 열기구가 둥실 대기권 밖으로 솟아 올라가는
일, 그런 온갖 공상과학 같은 과학 이야기를 만났을 19세기 빈 시민의
입장이 되어 생각해보기도 한다.

　　슈티프터의 명성에 비해 빈에는 그의 행적을 뒤쫓아볼 만한 흔적
이 거의 남겨져 있지 않다. 슈티프터가 옮겨 다닌 셋집만 해도 근 열 군
데는 될 건데, 결혼식을 올렸던 교회를 포함하여 옮겨 다닌 주소지마
다 '여기서 어느 작품을 집필했고 어느 작품을 탈고했노라'는 팻말 하
나씩 붙어 있는 게 전부다. 좀 특별난 대우를 한 게 아닌가 싶은 부분이
라면, 1990년부터 슈티프터가 살았던 동네 도로 이름을 작가의 이름을

딴 아달베르트 슈티프터가세로 해왔다는 것인데, 빈을 거쳐 간 유명인이 한둘이 아니란 걸 감안하고 보면 빈에서 구체적으로 드러나는 그의 흔적이 잘 보이지 않는 것도 어쩌면 그럴 수도 있지 않겠나 싶다.

슈베르트하우스의 슈티프터 전시관

다행히 빈 중심가에서 약간 외곽으로 떨어진 한 곳에 슈티프터의 자료관이 있다 해서 거길 찾아가는 길이다. 생각보다 외곽으로 많이 떨어져 있다. 도심에서 약간 외곽으로 벗어난 곳, 옛날 빈 외곽으로 나아가던 신작로로 접어든다. 예전부터 빈으로 오가던 중요한 길목 어귀에 발달되었던 오래된 동네로 보이는데 지금은 전형적인 주택가다. 베아트릭스가세나 아달베르트 슈티프터가세처럼 슈티프터가 살았던 동네도 아니고 특별한 연고가 있는 곳도 아닌 이런 주택가에 박물관을 만들었는지 잘 연결되지 않는다.

도로변에 커다란 대문이 나 있고 문을 열고 들어간 곳에는 ㄷ자 모양으로 한쪽이 열린 긴 중정이 있었다. 중정 둘레로 2층 구조로 된 전형적인 도시 주거형의 주택이다. 마당 한쪽 우물에는 옛날 방식의 펌프가 있는데 이 박물관의 공식 이름은 슈베르트하우스이다. 우리에게 잘 알려진 오스트리아 출신의 가곡왕 프란츠 슈베르트(1797-1828)의 생가, 이를테면 슈베르트 박물관이다. 2층으로 올라가면 슈베르트 자료관이 있고, 슈베르트 자료관 한쪽, 슈베르트 옆방에 세든 듯 슈티프터 자료실이 들어서 있다. 슈베르트와는 서로 어떤 인연이 있었는지 모르겠지만 그래도 여기서 자료관 하나를 만날 수 있는 게 다행이다.

슈티프터를 만나러 왔다가 슈베르트와 마주하게 되었다. 오랫동

고다우 호반

안 잊고 있던 슈베르트를 만났다. 슈베르트와의 오랜 인연 그리고 오래 잊고 있던 슈베르트와의 이런 만남에, 반가움보다는 너무 뜻밖의 일에 오히려 낯설어 하고 있다. 한때 20대 후반, 슈베르트를 열정적으로 좋아했었다. 슈베르트의 가곡에 빠져 있었다. 20대 후반 그리고 30대 초반으로 넘어가던 젊은 시절, 어렵게 구한 오디오 세트에 걸어놓을 LP판을 모을 때도 될 수 있는 대로 슈베르트의 가곡집 위주로 사들였고 틈틈이 전기를 찾아 읽기도 하고, 30대 초반에 요절한 그의 삶에서 요즘 유행하는 말처럼 "아프니까 젊은 거다"는 마음으로 불투명한 장래를 걱정하던 나이가 우연히도 참 비슷한 면이 있어 그것마저 어쩌면 운명이려나 싶었다. 그러던 중 결혼을 하고 공부를 하고 일을 시작하고 그러는 동안 젊은 시절의 그 열정이랄까 공허한 환영이랄까, 고심도 아닌 그런 걸 거의 털어버렸다. 그랬던 슈베르트를 만난 거다.

남몰래 감추어 두었던 첫사랑을 길에서 딱 마주쳤을 때라면 그랬을까? 행여 내 마음을 남에게 들킬까봐 꼭꼭 쟁여 넣어둔다거나, 오래된 기억을 드러내기 무엇해서 애써 아닌 척하며 외면하기라도 하겠지. 아니면 그 무슨 숨길 일이야 아니지만 워낙 오랜만에 전혀 뜻하지 않는 순간에 맞닥뜨려 잠시 당황스러울 수도 있지. 아무튼 슈베르트 전시관을 바로 눈앞에 세워놓고 선뜻 입장을 하지 못하고 머뭇거리는 게, 괜히 뭔가 숨기느라 그러는 것 같아 좀 어색하다. 그런 불편한 속내를 들키지 않으려 일단 전시관에 발을 들여놓는다. 그러기를 잠시, 우리 외에는 아무도 없던 2층 전체 전시관에 마침 일본 단체 관람객들이 우루루 몰려 들어와 이 방 저 방을 모두 점거해 버렸다. 나이로 봐서나 차림으로 봐서 대학생들 같다. 방방에서 설명을 하고 설명을 듣고 "오,

빈 외곽의 주택가, 작곡가 슈베르트의 생가에 마련된 슈베르트 박물관. 슈베르트 박물관 한쪽에 세든 듯이 슈티프터 자료관이 마련되어 있다.

오." 그러면서 고개를 끄덕이고 그리고 다른 방으로 몰려가고 그러고들 있다. 저들을 지나 앞서 가자니 괜히 쫓겨다니는 것 같고, 뒤따라가자니 귀찮다. 안 그래도 뭘 어떻게 할지 마음을 정하지 못해 어정쩡해하던 차에, 그냥 건성으로 휙 둘러나오거나 휙 지나칠 만한 이유나 명분이 뭐 없나 그러고 있던 중에 마침 잘 된 거지. 그냥 휙 슈베르트관을 건너뛸 명분이 생긴 거다.

얼른 슈티프터관으로 발길을 옮겼다. 쟤들 여기까지 쪼르르 따라오면 어쩌지? 설마 슈티프터를 만나러 온 건 아니겠지. 어느 정도 예상은 했지만, 다행히 그들의 목적은 슈베르트뿐이었다.

관람을 마친 친구들은 마당으로 내려가 펌프가 달린 우물가에 몰려가 단체로 혹은 삼삼오오 짝을 지어 기념촬영을 하고 또 누가 무슨 이야기를 하면 동시에 까르르 웃기도 하며 젊은 시절의 추억을 만드느라 여념이 없다.

달밤

목적을 달성한 일본 학생들이 아래층 마당에서 펌프질도 하고 기념촬영을 하면서 추억을 쌓는 동안 슈티프터 전시실에는 다시 조용한 적막이 찾아왔다. 이 방에는 슈티프터의 그림이 전시되어 있고, 그 다음 방으로 가니 거기에도 그림이 전시되어 있다. 슈티프터 박물관이라 하기에는 너무 그림 전시에 치중된 게 아닌가 싶다. 전시관 모두 슈티프터에 관한 작가로서 행적이나 작품에 관한 자료 같은 것은 일체 없이 그의 그림 작품들만 전시되어 있어, 그것만 놓고 보면 작가 슈티프터가 아니라 어느 이름 없는 19세기의 화가를 위한 작은 전시관이라 할 만했다.

슈티프터는 그림을 좋아해서 김나지움 시절부터 탁월한 그림 솜씨를 보였다. 빈에서 지내던 시절에도 〈콘도르〉를 발표하기까지는 주로 화가로서 여러 작품을 만들었다. 사실적으로 묘사한 풍경화도 있었지만 구름과 구름에 갇힌 태양, 바위와 바위 사이를 헤치며 흐르는 물결과 빛의 굴절 현상 같은 자연현상을 관찰하고 묘사한 작품들이 상당히 많았다.

전시된 그림 중 〈베아트릭스가세 전경〉이라는 제목이 붙은 한 작품은 밀집된 대도시 주택가 경관을 묘사한 것이다. 제목으로 봐서도 작가가 세 들어 있던 여러 군데 중 베아트릭스가세에서 살던 때, 자신의 다락방 창밖으로 내다보이던 광경이거나 혹은 그 동네의 어느 모퉁이에서 동네 안으로 어느 한쪽을 들여다본 광경이 그랬을 것 같다. 이걸 야경으로 바꿔놓고 보면 그대로 〈콘도르〉의 옥탑방에서 내다보는 빈의 밤하늘이 될 것 같다.

슈티프터, "Mondlandschaft, 달밤풍경" (1845)

둘 다 달을 그린 작품이었다. 아니 달 그림이라기보다는 달밤을
그린 작품이라고 하는 편이 낫겠다. … 누구나 달빛에 반해버릴 수밖
에 없었다. 첫 번째 그림은 대도시를 공중에서 내려다본 그림이었다.
밀집된 도시의 집과 탑, 성당들이 달빛에 어른거리고 있었다. 두 번
째 그림은 무더운 여름날, 구름 낀 흐린 달밤에 가로등이 켜져 있는
강변 그림이었다. (〈콘도르〉 p.47)

빈에는 눈길을 사로잡을 워낙 많은 것들이 있어서 무엇 하나 제
대로 파고들기에는 너무 광범위하다. 많고 다양한 소재, 분산되어 가
는 시선, 하나의 도시로서 너무 많은 걸 가지고 있다는 게 빈의 큰 강

점이자 동시에 약점이다. 문화와 예술의 도시, 수많은 음악가와 화가들을 보듬었던 곳, 그리고 왈츠, 합스부르크 왕가의 오랜 역사와 함께 남겨진 건축들, 도심과 외곽의 화려하고 장대한 궁과 궁원들…

중세시대의 작은 도시로 시작해 합스부르크 변경백, 왕가, 오스트리아-헝가리 제국의 왕도를 거쳐 현재 오스트리아의 수도가 되었지만 유럽을 대표하는 문화와 예술도시로서 발돋움하며 유럽의 귀족사회와 강력한 왕권의 대국으로 성장한 것은 생각보다 그리 오래되지 않았다.

빈, 슈테판교회 첨탑 전망대에서 내려다보이는 빈 시내, 장방형의 블록 외벽을 이룬 4-5층 규모의 건물들이 가로의 주요 파사드를 이룬다.

가로변에는 화려하게 장식된 아치형의 입구들이 있고, 그 안쪽 중정에는 전통적인 생활방식으로 이루어진 도시의 삶의 모습을 담은 공간들이 형성되어 있다.

파리의 도심 가로를 거닐거나 유럽의 여러 도심 주택가들에서 쉬 볼 수 있듯이 빈 도심의 대로변에는 길 양쪽으로 5층 내외의 거의 동일한 높이로 또 엇비슷한 규모의 비슷한 파사드를 이룬 가로경관들이 펼쳐져 있다.

고도시의 면모라고 하기에는 좀 현대적인 냄새가 나는 것 같지만, 현관에 내걸려 있는 명문이나 건립연대들로 보면 보통 100년은 넘는다. 19세기 후반에 들면서 유럽 각 나라는 수도를 중심으로 계획적인 도시개조를 통하여 도시의 얼굴을 일신하는 일에 몰두했다. 대가로를 만들고 가로의 양쪽에 똑같은 모습의 빌딩을 늘어세워 통일되고 각을 세우는 방식으로 개조해갔다. 커다란 블록을 단위로 하여 블록 외부로 대로에 면한 쪽에 빌딩을 세웠고 블록 안쪽의 중정에는 여러 용도의 작업장이나 다닥다닥 붙은 1-2층 규모의 건물들이 들어선 경우도 있었다. 19세기 산업화된 도시, 오염된 열악한 환경의 도시를 묘사한 그림들에서 잘 묘사되었다.

빈의 도심과 외곽의 신도시 주거지에는 블록 단위의 가로와 그 안쪽의 중정이 잘 발달되어 있었다. 〈콘도르〉의 화가가 세 들어 있던 다락방, 이웃집 지붕의 박공, 그리고 훤히 밝아오는 동쪽 하늘에서 서쪽으로 떠가는 열기구를 주시하던 눈 아래로 가로 안쪽의 중정을 채우고 있던 집과 녹지를 갖춘 블록들이 가지런히 펼쳐져 있었을 것이다.

다락방

우리가 알 만한 유명한 사람도 그렇고 소설이나 옛날이야기에 나오는 주인공들은 주로 다락방에서 살았다. 소설이나 위인전 같은 곳의 주인공들은 항상 가난했다. 가난하니까 빈 같은 대도시에서는 값싼 옥탑방에 세를 들 수밖에 없다. 돈이 없거나 돈을 아껴야 하는 입장이라면 다른 선택의 여지도 없이 꼭대기층으로 가야 했다. 다락방이라기보다는 지붕 아랫방이라 해야겠지.

어느 유월의 달밤, 그날도 그랬다. 정각 두 시, 숫고양이 한 마리가 용마루를 따라 천천히 걸어오고 있었다. 별빛이 비스듬히 비친 한쪽 눈이 푸른 도깨비불처럼 번쩍거렸다. 지붕 끝으로 다가와 창문 앞에 선 고양이는 집안을 들여다보고, 주인공은 안에서 창밖을 내다보았다. (《콘도르》 p.6)

주인집 고양이, 주인공 청년의 밤 친구 흰째는 창가의 넓은 난간에 누워 아침햇살을 받으며 잠들어 있었다. 탁자에는 이 동네를 그려놓은 그림이 한 점 놓여 있고 그 위에는 망원경이 놓여 있었다. 내려다보이는 골목길에는 이미 도시의 소음이 요란했다. 배고픈 자와 배부른 자를 염려하며 도시라는 거대한 기계는 서서히 돌아가고 있었다. (《콘도르》 p.18)

〈콘도르〉가 이야기해주는 빈의 밤하늘은 작가가 다락방에 세 들어 살면서 밤마다 만난 도시의 공간이 그러했을 거다. 1970년대, 80년대, 혹은 그 이전 시대의 유학생들이 많이들 겪었겠지만, 지붕 아래층이기 때문에 좀 춥기도 하고, 게다가 난방비라도 아껴야 하니 난방 온도도 한참 내려놓거나 거의 얼지 않을 정도로 맞춰놓고, 뭐든 좀 아끼기 위해서라면 그렇게 다소의 추위 정도는 감수해야 한다. 경사진 지

슈티프터, 〈Blick in die Beatrixgasse 베아트릭스가세 전경〉(1839) (왼쪽) 대로변 안쪽 중정에 밀집되어 있는 저층의 여러 가구들, 오늘날에도 예전의 그런 모습을 어느 정도 엿볼 수 있다. (오른쪽)

붕 바로 아래에 방을 만들었기 때문에 자연히 천정이 나지막하고 천정과 벽이 만나는 모서리는 기울어진 지붕면을 따라 기울어져 있다. 경사진 지붕면을 따라 천정과 벽이 만나는 일부 구간은 경사가 지는데 그걸 천정의 일부라 해야 할지 벽의 일부라 해야 할지 딱 부러지게 표현하기 애매한 부분이 생기고, 키가 큰 사람은 자칫 거기에 머리를 부딪칠 수도 있는 모서리도 생긴다. 창틀 윗부분을 밖으로 튀어나오게 해두어 창만을 위한 작은 지붕들이 지붕의 경사면에서 불쑥 튀어나온다. 밖에서 보면 그런 다락방이 무척 낭만적으로 보이지만 실제 그 안에서는 좁고 춥고 계단을 따라 한참을 오르내려야 하기에 여러 모로 불편하다. 방세가 싸니 예나 지금이나 가난한 학생이라면 당연히 그런 다락방을 얻을 수밖에 없다.

    슈티프터의 시절을 상상해보면, 지붕을 따라 이 집 저 집 들락거리면서 달밤에 산책하는 족속으로야 당연히 고양이들이겠고, 창을 통해 방안 깊숙이까지 찾아드는 달빛과 함께, 가난하지만 마음만은 꿈으로 가득 찬 사람들의 전유 공간인 다락방을 가난한 화가의 공간으로 삼았을 게다. 슈티프터가 살았던 동네를 그린 그림, 〈베아트릭스가세〉도 빈의 하늘 아래 사람들의 애환이 담긴 도시 공간, 그런 것의 한 부분일 거라고 생각해봤다.

> 도시를 덮고 있는 뿌연 밤안개 속에 유일하게 반짝이는 황금빛 점은 저 건너 다락방에서 깜빡이는 등잔불빛이었다. 가엾은 세탁부가 사는 작은 다락방에서 새어나오는 빛, 방에는 중태에 빠진 어린 아이가 누워 있다. 삶의 애환이 있지만 그래도 온 세상은 너무 아름다웠다. (〈콘도르〉 p.12-13)

도시 공간과 거기 살아가는 수많은 사람들의 애환은 영화 〈베를린 천사의 시〉(1987)에 잘 표현되어 있다. 우리 시대의 한때를 빛냈던 작가 페터 한트케(1942~, 오스트리아)의 손에서 만들어져 나온 시나리오를 바탕으로 한 영화다. 천사는 고층빌딩 꼭대기에서 인간세상을 내려다보고 방안에서 외로워하는 인간의 모습을 본다. 만원으로 꽉찬 지하철 안에서 무표정하지만 속으로 많은 괴로운 일들을 한탄하는 목소리들을 듣기도 한다. 어떤 이는 사랑에 굶주리고 또 어떤 사람은 못 먹어 굶주리고, 그런 많은 사람들의 삶의 진솔한 면면을 들여다보고 있다.

그러나 내 생각에 〈베를린 천사의 시〉는 너무 무거웠다. 많은 것을 시사했고 많은 것을 담기는 했지만 그런 의도가 독자나 감상자에게 전해지기에 좀 무거웠다. 그래서 영화의 지명도나 명성에 비해 영화가 준 메시지는 전달되기 좀 어려웠을 것이다. 그에 비해 슈티프터의 〈콘도르〉는 인간사를 들여다보고 온갖 삶의 애환이 담긴 도시를 드러내보고, 전혀 그런 게 아니었을 것 같다. 오로지 과학과 첨단의 시각으로 하늘 높이 고도를 높여 빈의 상공에서 내려다보이는 땅 위의 도시와 삶, 그리고 지구를 상상하고 관조하는 걸 다루었을지 모른다.

빈의 하늘 아래

코르넬리아의 눈에 비친 하늘 높이 콘도르에서 내려다보이는 빈은 참 아름다웠다. 막 동이 트는 동쪽 끝과 서쪽 끝까지의 하늘 아래 빛나는 도시였을 것이다. 고도를 높여감에 따라 지중해 전체를 내려다보고, 급기야는 인간세상 지구를 통째로 그리고 대기권 밖의 광활한 우주를 맞이한다. 여기서 잠깐 소설의 구성이 약간 매끄럽지 못해지지만 급기야 대기권 바깥의 우주 공간이 소설의 무대로 된다.

코르넬리아를 바라보는 화가의 눈에 빈의 새벽하늘은 이랬다.

별, 구름, 반짝이는 하늘이 흔들거렸다. 하지만 그런 것에는 관심이 없었다. 커다란 검은 구체가 포착될 때까지 망원경 유리로 조심스럽게 찾아보았다. 맞다, 드디어 예상이 적중했다. 희미한 새벽하늘로 복숭아꽃처럼 붉은빛이 보였다. 커다란 검은 구체가 보이면서 서서히 떠올랐다. 그 아래 보일 듯 말 듯 연결된 가는 끈. 망원경 유리 속에서 떨리는 선은 하늘에 그려놓은 줄임표처럼 작았다. 작은 배다. 세 사람을 싣고 가는 흰 카드처럼 작은 배는, 아침 해가 뜨기 전에 구름에서 비가 떨어지듯 자연스럽게 이들을 떨어뜨릴지 모른다. 코르넬리아, 오 무모하고 가엾은 그대여! 신의 가호가 깃들기를! 망원경을 치웠다. 점점 멀어져서 배를 묶어놓은 기구의 끈이 보이지 않았기

때문이다. (《콘도르》p.15)

코르넬리아는 열기구 콘도르호를 타고 빈의 상공을 높이 올라간다. 젊은이는 열기구를 탄 코르넬리아를 보고 있었다. 동이 틀 무렵 항해 준비를 끝낸 열기구, 탑승한 사람들은 모두 미지의 여행에 대한 기대와 불안감이 교차했다.

좀 더 진중히 들여다보자면, 그 모든 건 차라리 주변잡기였을 뿐일지도 모른다. 소설의 압권은 대기권 밖으로 나가 광활하고 적막한 암흑의 우주 공간에 이르는 부분이다. 당시의 과학과 작가의 탁월한 과학 지식에 놀라기도 하지만 작가적 상상다운 픽션의 우주 공간을 만날 수 있어서 그 느낌도 나쁘진 않다. 문학작품으로 보자면 당시로서는 센세이셔널했겠고 작가로서 보자면 드물게도 해박한 과학 지식을 과시하는 인물로 비쳤을지도 모르겠다. 대기권 밖, 그건 모두 독자들이 상상할 수 있는 지구 외계의 경관으로 해두기로 하자.

〈콘도르〉에는 열기구 콘도르를 타고 빈의 하늘 높이 올라 땅을 내려다보는 장면이 한참 동안 다루어진다.

장엄한 장관이 펼쳐지기 시작했다. 거대한 세계는 근원적 힘을 발휘하였다. 열기구는 구름층을 향해 항해를 시작했다. 대지에는 붉은 아침햇살이 비추고 있었다. 그러나 높은 하늘은 하얗게 어른거리는 빙하의 나라였다. 심연과 협곡을 이루며 창공을 떠다니던 구름이 기구를 향해 다가오고 있었다. … 높은 산에서 내려다보는 어머니의 얼굴처럼 친근하다. 둥근 아침햇살이 사랑스런 모습으로 붉게 타오르고 있었다. 가난한 젊은 화가가 앉아 있는 다락방의 창문도 황금빛으로 물들었다.

"어디까지 왔나, 콜로만?" 조종사가 물었다.

"거의 몽블랑까지 올라왔습니다." 맞은편에 앉아 있던 노인이 대답했다, "만 사천 피트는 넘겠습니다. 주인님."

…

뿌연 지평선 근처에 거대한 설원이 아련히 나타났다. "지중해입니다, 아가씨."(《콘도르》p.21-24)

뭘까? 단순히 소설에서 그려진 빈의 하늘 아래를 굽어보는 작가적 상상일까, 아니면 빈의 슈테판 교회 첨탑 같은 데 올라가 내려다보이는 빈, 그리고 트라운슈타인 호수 인근의 코겔 같은 데 올라가 세상을 내려다보며 인간세상의 호수와 산과 도시의 알프스 경관을 그려본 모습이었을까? 시적 사실주의 사조의 작품 경향이거나 작가의 뜻이었을까, 아니면 작가의 의도와 무관하게 하늘 아래 빈을 굽어보며 인간세상을 관조하고 인간사를 사색하거나 혹은 신의 시각이 되어 인간사를 객관적으로 관찰한 결과였을까. 이 소설의 무엇이 공작부인의 마음을 두드렸고 수많은 빈의 독자들의 마음을 파고들었을까? 빈 시내를 거닐면서, 그리고 알프스의 코겔들을 오르내리면서 줄곧 생각하다가 이런 결론에 가닿았다. 작품을 접한 모든 빈 시민들은 급성장해 간 오스트리아, 제국의 수도로서 최정점에 올라선 자신들의 자긍심을 흔들어 깨우는 젊은 작품을 하나 마주한 느낌이었겠다.

《콘도르》에는 기구를 타고 빈 상공을 타고 올라 급기야 대기권 밖으로 우주 공간으로 높이 올라가 인간세상, 도시며 지구를 내려다보는 과정이 리얼하게 그려져 있다. 무슨 클라이맥스도 없고 반전도 없으며 소설의 줄거리랄 것도 없는 평범하디 평범한 내용일 뿐이다. 하지만 19세기 초 사회 일각에서 번지던 과학기술에의 동경과 호기심, 급성장하던 오스트리아-헝가리 제국의 수도 빈의 분위기에서 이 소설을 만나면 사뭇 의미가 달라질 수 있다. 오스트리아-헝가리 제국이 출범하고 유럽 전역에서 제국주의, 확대주의가 물 끓듯 일고 있던 즈음의 콘도르는 제국의 위상을 드높이는 첨단과학이자 자긍심이었을 것이고 소설 〈콘도르〉는 치솟는 제국의 위상 위에 하늘 위로 날아올라가 내려다보이는 세상, 우주 공간에 관한 대단한 상상력으로 전개되는 스토리로 유럽 사회를 한차례 들썩이게 했음직하다. 그래서도 대기권 밖으로까지 올라가서 내려다보이는 인간세상에 관한 부분, 빛도 사라져 버린 우주 공간을 다룬 부분, 혹은 콘도르 자체의 출현만으로도 이 소설의 압권이 되지 않았을까 싶다. 과연 어떤 작가가 이토록 리얼하게 과학적 시각이 바탕이 된 작품을 그려낼 수 있었을까? 그래도 세상 돌아가는 이치를 꿰뚫고 있었을 공작부인이었다면 그 점을 꿰어본 건지 모른다.

숲

하늘을 찌를 듯이 솟아오른 침엽수가 가득 찼고

숲은 다시 온 하늘을 막아서서 한낮의 밝음을 가려 놓은 어두움으로 가득하다.

숲의 작가 슈티프터를 기리는 기념비를 세울 자리하늘을

찌를 듯이 솟아오른 침엽수가 가득 찼고 숲은 다시 온 하늘을 막아서서

한낮의 밝음을 가려 놓은 어두움으로 가득하다.

소설
⟨보헤미아 숲⟩
(1842)

17세기 중엽 30년전쟁의 막바지, 황제군 측에 선 비팅하우젠의 성주 하인리히 남작은 자신의 성이 스웨덴군과 부딪치는 전장이 될 것을 짐작하고 있었다. 그 전에 두 딸을 깊은 산속으로 피신시키려 했다. 딸들에게 바깥나들이 하러 가는 것처럼 어렵사리 이야기를 시작했지만 눈치 빠른 두 딸은 쉽게 넘어가지 않았다. 자초지종 사태를 이야기해주었다. 잠시 안전한 곳에 피신해 있다가 전란이 지나고 나면 다시 상봉할 수 있을 거라며 달랬다. 성을 떠날 채비를 마치고 딸들을 수행할 최소한의 인원과 함께 길을 떠났다. 남작은 피신할 곳까지 동행했다가 성으로 다시 돌아올 작정이었다.

은신처로 마련해놓은 곳은 깊은 산속 인적이 닿지 않은 깊은 삼림지대를 지나 고산 호숫가의 산장이었다. 며칠을 걸어 닿은 그곳에는 때 묻지 않은 태고의 자연이 적막하게 자리하고 있었다. 남작과는 오래 전부터 친분이 있던 노사냥꾼 그레고르에게 딸의 보호를 맡기고 남

바이에른 숲에는 고사목 둥치에서 자라고 있는 어린 나무, 축축한 음지 바닥에서 솟아나는 고사리와 이끼류가 가득하다.

작 일행은 성으로 돌아갔다.

호수 일대는 인적이 없는 천혜의 자연 그 자체였다. 호숫가에 마련된 산장에 머물며 때때로 날씨가 좋은 날이면 산장 뒤쪽의 가파른 절벽 꼭대기로 올라가 남작이 주고 간 성능 좋은 망원경을 설치하고 멀리 비팅하우젠 성을 바라보며 아무 일 없이 무사함을 확인하는 것이 두 딸의 주요 일과였다. 계절이 바뀌고 자연의 변화도 만나면서 산정 호수에서의 일상은 평온한 나날이었다.

어느 날, 망원경에는 평소 있어야 할 지평선 끄트머리에 성이 보이지 않고 그 자리에는 한 무리의 구름만 맴돌고 있었다. 다음날 또 다음날, 좋은 날씨를 기다렸다가 다시 올라간 벼랑 위에서 두 딸은 망원경 안으로 들어온 시커멓게 그을려 말이 아닌 몰골의 성을 만나게 된다. 분명 아버지에게 무슨 일이 생긴 것이다. 어떻게 된 일인지 알아보러 보낸 하인조차 산장으로 되돌아오지 않았다.

호텔 아달베르트 슈티프터 하우스

〈보헤미아의 숲〉 여행에는 플뢰켄슈타인의 능선을 넘어서 산정 가까이에 있는 플뢰켄슈타인 호수를 다녀오는 것과 체코와 오스트리아의 국경 완충지대의 구글발트 숲의 고성 비팅하우젠을 다녀오는 걸 목표로 삼았는데 거기에 슈티프터의 고향 호르니 플라나도 다녀오자면 일정상 너무 무리가 될 것 같고, 그렇지만 그곳 역시 뺄 수는 없고 해서 마지막까지도 망설이며 결정을 내리지 못하고 있었다. 두 차례로 나누

프라우엔베르크의 호텔 아달베르트 슈티프터 하우스

기로 했다. 비팅하우젠은 나중에 따로 가기로 하고 먼저 거리상 비교적 근거리 여행이 가능한 호르니 플라나와 플뢰켄슈타인을 묶어서 다녀오는 걸로 하였다.

우리가 찾아가 보아야 할 곳들은 체코와 오스트리아의 두 나라에 걸쳐 있었다. 특히 체코 국경 너머의 그 동네들이 어떤 상황인지, 호텔은 또 어떤지, 거기서 체코며 산정호수며 예정해둔 여행지로 교통은 또 어떨지 아는 바가 없으니 일단 국경 부근에서 일박을 하면서 상황을 보기로 하였다.

린츠의 PC방에서 인터넷으로 검색하다가 프라우엔베르크의 어느 시골 호텔을 하나 찾아냈다. 프라우엔베르크는 오스트리아와 체코 두 나라의 국경을 양쪽에 둔 국경 가까이의 시골 산골인데, 작가의 고향과 작품무대들의 가운데쯤 위치하고 있어서 두루 둘러보는 데 요긴한 곳이었다. 호텔 아달베르트 슈티프터 하우스였다. 작가의 이름을 딴 호텔 이름이 마치 슈티프터의 박물관이나 된 것 같기도 하고, 그것도 무슨 인연인지 모르겠다는 생각으로 일단 거기에 전화로 예약을 해두었다. 우선 그 일대로 찾아들어 호텔에서 하루 묵으면서 상황을 좀더 살피려는 것이었다.

버스에서 내리면서 맞은 첫 인상으로 이 동네는 한적하다 못해 적막했다. 호텔도 손님이 거의 없는지 조용했다. 프런트에 숙박부 등을 기재하고 안내해주는 방으로 가는데 바이에른 지방의 농촌풍 목조 외장에 스키장이나 겨울철 휴가지 같은 데서 볼 만한 분위기가 물씬 풍긴다. 거의 별채처럼 프런트에서 뚝 떨어진 곳의 단층짜리 건물이어서 새로운 맛이 난다. 객실이 여럿 복도에 면해 한쪽으로 몰려 있는데 꽤 분위기가 괜찮다. 교통이고 주위 상황이고 따질 것도 없이 여기를 이번 여행의 고정 아지트로 삼기로 했다.

동서냉전의 긴장이 끝났다고는 하지만 체코는 아직 우리가 잘 알지 못하는 곳이다. 게다가 호르니 플라나는 체코 국경을 넘어서 한참을 들어간 곳인데 시골 오지에서 어떤 일들이 우리를 기다릴지 모르고, 마냥 모험 삼아 떠돌아다닐 수도 없다. 호르니 플라나는 독일의 가장 가까운 곳에서 다녀오되 혹 모자람이 있으면 한차례 더 다녀오는 걸로 했다. 프라우엔베르크는 호르니 플라나를 다녀오기에 좋고 산정 가까이의 플뢰켄슈타인 호수를 갈 수 있는 등산로 입구가 거기서 멀지 않다는 것도 매력이었다.

프라우엔베르크는 우리의 또 하나의 목적지이기도 한 드라이제

프라우엔베르크. 띄엄띄엄 한두 집씩 간간이 보이는 산촌(散村) 마을이다.

셀베르크를 가기가 좋았고 겸사겸사 바이에른 숲을 거닐며 한적한 시간을 가질 수 있어 그것도 내심 기대하고 있었다. 그런 나름대로의 치밀한 계산 끝에 자리 잡은 프라우엔베르크, 좀 불편하긴 하지만 나름 괜찮은 계산이었다.

바이에른 숲, 드라이제셀

호텔에 짐을 풀고 이 여행의 첫 걸음을 본격적으로 내딛기 전, 워밍업도 할 겸 바이에른 숲을 잠시 살펴보기로 했다. 이 마을이 바이에른 숲에 파묻혀 있는데 굳이 그걸 찾아 나선다는 게 좀 이상하긴 하지만 실은 드라이제셀베르크를 가는 길이나 좀 익혀두려는 것이었다.

　　호텔을 나서면서 프런트에 드라이제셀 가는 길을 좀 물어보았을 뿐인데 드라이제셀이라면 여기 아주 제대로 온 것이라며, 얼마 멀지 않은 곳에 등산로가 시작되는 주차장이 있으니 거기까지 데려다 주겠다고 차를 끌고 나왔다. 청한 것도 아닌데 알아서 도와주겠다고 나서는 건 내가 아는 한 전형적인 독일식이 아니다. 고맙기도 하고 약간 익숙하지 않기도 하고, 그래서 다소 불편하기도 한데 아무튼 잠시 후 산 중턱의 주차장에 닿았다.

　　이미 상당히 높이 올라온 듯 주차장에서 시작되는 등산로를 따라 산길을 오른 느낌도 들지 않게 집 뒷산 약수터 가듯 하고 보니 어느덧 정상이다. 정상이라기보다는 길게 끝없이 이어진 능선의 한 곳 쯤 되어 보이는데, 능선 여기저기에 기둥처럼 남은 거대한 돌기둥들이 서 있다. 기이하게도 시루떡처럼 층층이 쌓인 모양이다. 그 중에서 가장 규모가 큰 한 곳, 돌을 깎아 만든 계단으로 사람들이 오르내리고 있다.

사람들을 따라 올라간 바위기둥 꼭대기는 별로 넓지 않은데 멀리 원경을 바라보며 감탄하는 사람, 바위에 앉아 기념촬영 하는 사람들로 가득하다.

〈보헤미아의 숲〉의 노사냥꾼 그레고르는 남작의 부탁을 받아 아이들이 편안하게 지낼 수 있도록 갖은 노력을 기울였다. 산 속의 자연, 나무에 관한 이야기 그리고 여러 옛날이야기를 들려주곤 했다. 어렸을 때 할머니로부터 들은 이야기라며 이런 이야기도 들려주었다.

저기 보이는 산은 여기서 올라가면 세 시간 정도 걸릴 겁니다. 아주 먼 옛날 한 번은 세 나라의 왕이 저 산에 앉아서 국경을 정하고 있었답니다. 바로 지금의 보헤미아, 바이에른 그리고 오스트리아입니다. 그들은 바위를 파서 세 개의 왕좌를 만들고 각자 통치하고 있는 나라의 의자에 앉았습니다. (〈보헤미아의 숲〉 p.72)

정상 가운데로 바위를 깎아 만든 듯 움푹 파여 앉기 좋게 꼭 방석을 받쳐놓은 듯 반듯하게 잘 다듬어진 자리가 셋 서로 마주 보고 있다. 드라이제셀베르크, 세 의자가 있는 산이란 이름도 거기서 유래된 것이다. 드라이제셀에서는 사방으로 눈 가는 데가 모두 끝없는 숲의 바다다. 세 나라의 왕이 앉았다고 하는 것은 세 나라의 정상이 모여 서로 간의 평화협정을 맺었다거나 신라의 화백회의처럼 촌장들의 회의 같은 걸 했다거나 하는 상징적인 장소이기도 했겠고, 중요한 의식을 행하던 상징적 장소였거나 게르만 시절의 성소처럼 받들어지던 곳이었을 수도 있겠다.

드라이제셀베르크는 바이에른 숲의 최고봉인데, 능선에는 시루떡처럼 겹겹이 쌓아올린 듯 기둥 형식의 바위들이 여럿 있다. 그 중 가장 규모가 큰 바위 정상에는 의자처럼 반듯하게 다듬어진 자리가 셋 서로 마주 보며 둘러져 있다. 세 의자 바위라는 뜻의 드라이제셀이란 이름은 여기서 유래되었다.

드라이제셀베르크

워낙 독일 사람들은 큰소리를 내지 않고 나름 질서와 공중도덕을 지키는 데 일가견이 있는지라 여기 몰려온 인파에 비해 인적이 없는 듯 조용하다. 잠시 능선 언저리를 더 거닐어 본다. 그리고 하산 길에는 가볍게 산책하듯 산을 휘돌아가며 완만하게 나 있는 산길이 동반해 주고 있어서 마음도 덩달아 여유로워진다.

동네에 가까워지면서 고도도 낮아지고 숲도 따라 달라져 간다. 눈에 익은 숲이 나타나고 숲 속의 새소리도 나지 않던 능선의 고지 숲과는 느낌이 다르다. 동네의 내음도 달라진다. 마침 늦은 오후의 막바지 햇살을 받으면서 숲은 속살을 내보여주고 있다. 슈티프터 여행의 첫날을 그렇게 순조롭게 시작했다.

독일 바이에른 주의 바이에른 숲은 체코의 보헤미아 숲과 오스트리아의 뮐 피어텔 일대의 구글발트와 함께 플뢰켄슈타인 산을 중심으로 거대한 산림지대를 이룬다. 동네 가까이 저지대에는 침엽수와 활엽수가 혼재된 혼효림을 이루고 있지만 고지대 산림은 온통 침엽수가 되어 있어 높은 곳에서 내려다보면 촘촘하게 짜인 양탄자 같다.

고산지대의 숲, 보헤미아의 숲

호텔 식당 창가에 앉았다. 바이에른 숲 한가운데, 산골마을 프라우엔베르크를 거점으로 한 며칠 동안의 일을 돌이켜보니 적잖은 일들을 해낸 것 같다. 미리 예정하고 계획을 세워 실행해 가는 식이었다면 그 심적인 부담과 예정된 일정과 목적지를 맞추느라 정신없고 바쁘기만 했을 뿐 과연 실속 있는 일이 될 수 있었을까 싶다.

여러 일들 중 번역 원고의 제목을 정할 수 있었던 게 기억에 남는다. 여행에 들고 온 건 출판사에 원고를 넘기기 전 단계의 번역원고 프린트물이었다. 원고 묶음 첫 페이지에 적어놓은 제목은 〈교목림〉이었다. 국내에 번역된 것은 없었지만 그 전부터 일본에서 쓰고 있던 제목을 따서 문학사에 소개되고 있던 걸 그대로 가져온 것이었다. 원제목 〈호흐발트Hochwald〉는 high forest란 뜻인데, 키가 큰 나무, 교목으로 이루어진 숲이란 의미에서 〈교목림〉이라 한 것이겠지만 원래 의미로 보자면 그런 게 아니다. 높은 산지에 형성된 숲을 뜻한다. 그래서 호흐발트는 제대로 옮기자면 고산지대의 숲이 된다. 그럼 제목을 '고산림'으

프라우엔베르크 호텔, 식당 창 밖에는 넓은 목초지가 펼쳐진 구릉과 숲이 가득하고 내부 인테리어는 산장풍이다. 스키를 중심으로 한 겨울 휴양지로 손꼽히는 곳이어서 여름은 비수기라 몹시 한적하다.

로 하면 될 텐데, 어감상 소설 제목으로는 교목림을 따라가지 못했다. 뭔가 1%의 모자람 때문에 그걸로 제목을 삼지도 그렇다고 달리 대체할 제목을 떠올리지도 못하며 망설이고 있었다.

바이에른 숲을 거닐면서였다. 한참 이런저런 의견이 오가던 중, 꼭 원제목에 충실하게 직역하느라 그럴 게 아니라 이야기의 무대인 보헤미아의 삼림지대, 보헤미아 숲으로 하는 건 어떤가 싶었다. 바이에른 숲이든, 보헤미아 숲이든 모두 플뢰켄슈타인을 정점으로 펼쳐진 거대한 산괴 주변 일대로 넓게 펼쳐 있는 삼림지대를 일컫는다. 독일, 오스트리아, 체코, 세 나라가 서로 이웃해 있으면서 각각 바이에른 숲, 뮐피어텔, 그리고 보헤미아 숲처럼 저마다의 이름을 갖고 있고 그 모두 높은 고산지대에 형성된 것이다.

보헤미아 지방의 이 숲이야말로 말 그대로 호흐발트인 게지.

그래, 그거야, 보헤미아 숲! 제목으로 안성맞춤이야.

폭우

며칠을 지내면서 호텔 주위의 바이에른 숲도 둘러보았다. 우리끼리 다니기도 했고, 마침 이 동네에 살고 있는 바이에른 숲 산림관의 안내를 받아 그냥은 가볼 수 없었을 숲 속 깊숙이 샅샅이 다니기도 했다.

분주하게 여기저기 돌아다니던 발걸음을 잠시 멈추고, 호텔 레스토랑 창가에 앉아 창밖을 내다보며 어떤 인터뷰를 기다리고 있다. 프라우엔베르크가 속한 행정청 소재지 하이트뮐레의 지방지 신문사에서 호텔을 통하여 인터뷰 요청이 왔다. 우리의 행색이 이곳 사람들의 주목을 받기에 충분했던지, 슈티프터의 작품을 번역하고 그 무대를 찾아 여행하는 두 동양인이라는 좀 특이한 이야기를 담으려는 모양이다. 인터뷰도 그렇고 산림관도 그렇고 그 모두 호텔 주인의 주선에서 비롯된 거라 마음으로 감사하고 있다.

인터뷰 약속시간까지는 아직 시간이 많이 남아 있다. 잠시 멍~히 있을까 싶다. 평소에도 그랬다. 굳이 손님이 없는 시간을 의식할 필요도 없이, 적당한 숲과 숲 사이에 펼쳐진 가파르게 비탈진 풀밭이 가득한 창밖 풍경을 마주하여 창가 밝은 곳에 자리 잡고 앉아 아침 식사를 마치고 앉은 자리에서 메모를 시작하면 그걸로 그냥 호텔 식당은 우리의 작업실이 되었다.

맑고 상쾌한 여름날, 더없이 깨끗한 시간이 지나가는가 싶은데 이내 주위가 깜깜해진다. 천둥 번개를 동반한 집중 폭우가 쏟아질 모양이다. 간간이 번개가 번쩍이고 조금 시차를 두고 꽈르릉하는 천둥소리가 뒤따르는 걸 보니 좀 요란한 광풍이 몰아칠 모양이다. 내가 아는 한의 독일이란 곳은 워낙 날씨가 좀 그랬다. 아침부터 꾸물꾸물 하다가 진종일 비가 온다거나 해서 사람을 우울하게 만드는 날도 많지만 그래도 8~9월 두어 달은 날씨가 괜찮다. 환상적으로 좋은 날씨가 이어지는 여름은 덥지 않고 습하지 않아 상쾌하며 혹 기온이 올라가 뜨거운 햇살에 숨이 턱턱 막힌다 하더라도 어디 그늘에 들어가 직사광선만 피할 수 있으면 아무 문제 없다. 좀 사치스러운 생각을 해보자면 독일은 실로 무더운 여름날 우리나라를 떠나 쾌적하게 보낼 만한 여름별장과 같은 곳이다. 독일의 여름, 이런 때면 으레 한바탕 광풍이 불고 비바람이 몰아친다. 쨍쨍 햇살이 났던가 싶다가 순식간에 광풍을 동반한 비바람이 되고, 나뭇가지가 획획 부러져 나가는 비바람에 우산도 소용없이 꼼짝 못하고 폭우에 갇혀버리는 경우도 있다.

비단 독일만의 일이 아닌 게, 유럽에서 그런 이상한 광풍을 만난 게 어디 한두 번이었던가. 완만한 주름조차 없는 완전 평지의 고속도로로 차를 몰고 가다가 지평선 똑바로 정면에서 쏘아대는 강렬한 석양 직전의 태양빛에 억수같이 퍼붓는 폭우에 차창 브러시도 소용없고, 햇살은 빗물에 어른대고 도로 바닥에 흥건한 빗물에 반사되는 햇살까지 받아 속수무책이 되기도 한다. 희한하게도 영하의 날씨에 비가 쏟아져 땅이고 차창이고 빗물이 닿는 순간 얼어붙어버리는 일도 다반사로 겪었지만, 알프스를 넘어서 그라츠에 갔다가 공원의 호숫가에서 폭우를 만났던 게 가장 센 걸로 기억한다. 그 모든 걸 지나보내는 슬기로움은 아주 간단하다. 그 자리에 서서 강렬한 자연의 위세에 순응하여 잠시 발걸음을 멈춰주는 거다. 벼락 치듯 쏟아지는 여름비는 오래 가지는 않아도 강도는 엄청 세다. 그럴 때면 잠시 어디든 처마 밑에라도 들어가서 비바람만 피하면 큰일은 나지 않는다.

그 어떤 비바람 기억과 비교되지 않게, 호텔 레스토랑에 앉아 바깥의 광풍과 폭우를 내다보는 지금 이 세상은 더없이 포근하다. 당장 광풍이 몰아치는 저 험한 광야에 내맡겨질 걱정은 없으니 기왕 쏟아질 거면 좀 더 강하게 그리게 오래도록 쏟아지길 고대해본다. 아쉽게도 기대만큼 그리 오래가지 않았다. 언제 오기나 했느냐는 듯 겁나게 몰아치던 폭우가 지나간 뒤의 창밖은 산뜻한 진녹색의 풍경으로 가득하다. 바람이 몹시 세찬 모양인지 짙게 깔린 비안개가 바람에 흩날리고 있다.

눈이 많은 동네의 겨울은 짙은 안개에 뿌옇게 가라앉은 대기 그

프라우엔베르크, 호텔 창밖으로 바이에른 숲의 산림과 초지가 펼쳐지고 폭우가 지나가고 나면 뿌연 비안개가 세찬 바람에 흩날린다.

리고 추위는 뼛속 깊이까지 스멀스멀 파고든다. 그래서 슈베르트의 가곡집 〈겨울 나그네〉에 담긴 그 애잔함과 스산함의 예술이 나오는 건가 보다. 이 여름날, 폭우가 쏟아지는 날 창가에 앉아 있는데, 가슴에 스며드는 이 느낌은 또 뭘까? 베토벤의 〈전원〉 4악장의 '폭우', 그리고 5악장의 '폭우가 지나고 난 뒤에 찾아온 평온', 그런 생각을 하는 동안 밖은 바람도 잦아지고 원래의 밝고 상쾌함의 쪽빛 하늘색을 되찾아가고 있었다.

잠시 쉬는 듯 거닌 바이에른 숲

화기애애한 분위기 속에서 인터뷰를 마쳤다. 돌아가는 그들을 배웅하고 그 길로 약간 뿌듯한 기분을 누르며 호텔을 나선다. 프라우엔베르크, 도나우 강은 독일과 오스트리아를 거쳐 서에서 동으로 구불구불 흘러가다가 독일 국경의 끝머리에 이르러 도시를 하나 이루고는 보헤미아 숲 혹은 플뢰켄슈타인 산림지역을 이루는 거대한 산지를 만나 크게 휘어 동남쪽으로 흘러간다. 그곳에 중세 이전부터 전략적으로 수도

버스정류장에서 하차하여 휘 둘러보아도 마을의 시설들을 알려주는 안내판만 덩그러니 길 가에 서 있을 뿐 호텔은커녕 민가 하나 보이지 않는다.

원이 자리 잡았던 고도시 독일의 파사우가 있다.

알프스 서쪽 끝의 스위스 바젤이 스위스, 독일, 프랑스의 합점이 되면서 서로의 관문이 되듯이, 파사우는 오스트리아에서 독일 동남부 골짜기로 드는 관문이며 독일에서 오스트리아로 접어드는 관문이다. 프라우엔베르크의 눈에 보이지 않는 지표면의 경사는 엘베와 도나우로 흘러드는 지표수의 분수령을 이룬다. 한쪽으로는 엘베, 다른 한쪽으로는 도나우, 그렇게 지표수의 흐름이 갈라져 그 한 줄기는 도나우로 합류하여 파사우로 흘러든다. 그리고 외지 사람들은 파사우에서 버스를 타고 한참을 달려 프라우엔베르크로 들어온다. 첫날 도착하여 첫 대면하던 때의 프라우엔베르크는 생소했다기보다는 황당했다.

프라우엔베르크는 분명 독립적인 행정구역상의 마을이고 지도상에도 뚜렷이 명시되어 있다. 버스정류장 부근 어디에도 동네는커녕 눈길 닿는 범위의 사방에는 집 한 채 보이지 않는다. 고등학교 세계지리 시간에 취락의 가장 기본적인 형태인 괴촌 외에 가촌, 환촌 그리고 산촌이 있다고 배웠었지만, 세상에 그런 마을도 있나 싶게도 컴퍼스를 돌린 듯 동그란 모습의 환촌도 그렇고 길을 따라 죽 늘어선 모습의 가촌도 그냥 길 따라 생긴 그런 거려니 하겠는데, 그게 신기하게도 일이백 미터 정도가 아니라 수킬로미터도 넘게 죽 이어진다. 하지만 산촌(散村)은 그 이상으로 정말 전혀 예상하지 못할 만큼 생경하다.

집들이 모두 시야에 들어올 만한 거리 이상으로 각기 뚝 떨어져 있는데다, 어느 구석들에 꼭꼭 숨어 있어 어디든 중심이고 변두리고 할 것도 아니다. 말로만 들었지, 좀 띄엄띄엄 있기는 하겠다 싶을 수도 있지만 집과 집 사이가 1km 이상 벌어져 있는 몹시 낯선 경관이 펼쳐진다.

첫날 올랐던 드라이제셀베르크로 오르는 길목 어디쯤의 갈림길에서 옆으로 벗어나 둘레 길을 걷듯 플뢰켄슈타인의 서쪽 사면을 이룬 산길로 접어들어 본다. 중산간 이상의 짙은 침엽수림과 달리 마을 일대의 숲은 적당히 활엽수들이 어우러진 혼효림인데, 자랄 대로 자란 키 큰 풀섶을 헤치고 혼효림의 높은 수관의 층과 그 사이로 뚫고 들어오는 햇살이 닿은 곳의 바닥에 피어난 이름 모를 야생초들이 바람에 흩날린다. 오두막이 있고 벌채한 목재가 가지런히 쌓여 있는 숲길도 있고 호숫가 작은 오두막이 있는 포근한 분위기의 숲속 빈터도 있

바이에른 숲 곳곳에 고대 유적들이 있다. 거대한 바위언덕의 벤치가 놓인 장소들도 알고 보면 게르만 시대 혹은 초기 기독교 시대부터 이어져오는 고대 유적일 경우가 많다.

는데, 드라이제셀로 오르던 고산지대의 숲과는 판연히 다른, 활엽수와 침엽수가 한데 섞여 있는 포근한 혼효림이 동네 가까이의 바이에른 숲의 전형적인 경관인 듯하다.

바이에른 숲은 플뢰켄슈타인 남서쪽 독일 바이에른 주 일대의 숲이다. 바이에른 숲과 이웃하여 체코의 보헤미아 숲, 오스트리아의 뮐피어텔 같은 산림지대가 있는데, 따지고 보면 모두가 플뢰켄슈타인 산 둘레에 있는 거대한 산림지대다. 우리나라 지리산이 천왕봉을 위시하여 둘레의 경북, 경남, 전남의 세 도가 경계를 마주하며 각각 영호남의 독특한 문화권을 이루고 있지만 이름으로는 모두가 하나로 지리산이 되는 것에 비춰보자면, 바이에른 숲이며 보헤미아 숲이나 뮐피어텔이라 부르는 숲은 모두 플뢰켄슈타인 산림으로 통칭해야 할 게 아닌가 싶다.

드라이제셀베르크는 바이에른 숲의 정상이고 드라이제셀베르크 아래의 바이에른 숲에는 지금도 식수로 충분히 이용되어도 좋지 않을까 싶은 오래된 우물, 우리 식으로 하자면 약수터도 있고, 바위 갈라진 틈을 타고 올라 작은 전망대를 이룬 묘한 작은 바위산도 있다. 꽤나 음습한 숲 깊숙이 찾아들면, 천년이 되었다는 노거수들도 게르만 시절의 성소였다고 하는 곳들도 숲 깊숙한 곳 여기저기 흩어져 있다. 천년을 살아온 고목 앞에서는 말을 잃고 겁먹은 미물이 될 뿐이다.

드라이제셀 말고도 이 일대 곳곳의 명소들을 만나고 호텔로 돌아 나오는 길, 막 숲을 벗어난 즈음에서 작은 호수를 하나 만났다. 깊은 산 속의 분위기들과는 사뭇 다른 느낌이다. 규모로 봐서나 모양으로 봐서는 자연의 호수는 아닌성 싶다. 인공으로 만든 연못 같다. 둘레 물가에는 누군가가 일부러 가져다놓은 것 같은 바위가 무리를 이루고 있고 바위와 수초와 초화류가 잘 어우러졌다. 한쪽으로 작은 오두막 같은 방갈로가 아담하게 앉았는데, 수면과 수면에 떨어져 내린 저 너머의 바이에른 숲의 그림자를 그윽한 자태로 바라보고 있다. 깨끗하게 다듬어져 있어 꼭 정원 같다.

별서정원

전통적으로 유럽에서는 산속에 이런 정원을 만들지 않았으니 최근에 만들어진 것이 분명하다. 군의 녹지과에서 산속에 아름다운 장소를 하나 만들어 둔 것으로 치면 그럴 듯도 한데, 시군에서 그런 걸 조경하는 것 역시 유럽에서는 드물다. 철저하게 산림을 관리하고 물길을 관리하며 나무가 자라고 풀이 자라는 건 자연 자체에 맡길 뿐, 우리처럼 공연히 자기 할 일은 않고 도시 같은 모습으로 멋내는 일, 뭔가 한 것 같은 티를 내는 일에 관여하는 그런 일을 할 겨를이 없다. 시군에서 한 일이 아니라 누군가가 자기의 땅에 이렇게 만들어 두었다면 그걸로 정원이라

하면 되겠지만 유럽 사람들에게는 이런 방식으로 자기 집도 아닌 곳에 정원을 만드는 것 역시 아직 본 적이 없다. 산속의 묘한 정체의 이 정원을 어떻게 봐야 할까.

우리에게는 전통적으로 산속 자연에 방지를 파고 정자를 둔 방식의 별서정원들이 드물지 않았지만 유럽에서는 이런 방식의 산속의 정원은 좀처럼 볼 수 없다. 우리의 전통정원 같은 걸 이역만리 바이에른 숲에서 만나는 게 참 묘하다.

조금 옆길로 벗어난 이야기가 될지 모르지만 우리나라의 옛 정원은 해외에 거의 알려져 있지 않다. 혹 어떻게든 우리의 옛 정원을 접한 외국인이 있다 해도 그

바이에른 숲 속의 작은 정원. 연못 같은 호수와 물가에 자리 잡은 작은 오두막이 마치 우리나라의 별서정원 같다.

걸 정원으로 인지할 수 있기도 그리 쉽지 않다. 그래서 말인데, 여기 바이에른 숲에 만들어진 이걸 가지고 우리의 옛 정원을 설명하는 방법은 없을까. 그리 간단히 설명되기도 간단히 실행되기도 어렵지만, 틀림없는 사실은 이 연못이야말로 우리의 옛 정원의 자초지종을 설명해 보여주기에 참 요긴할 것 같다. 우리의 별서정원 중 보길도의 고산 윤선도의 별서 세연지원이라면 거의 이런 모습으로 현대화될 수 있을 것 같다.

한참을 들여다보고 참 낯설게 여겨지던 이곳이 눈에 익어 오는데도 처음 마주 대하면서 떠올린 보길도의 고산 윤선도 세연지 정원 유지 같은 그 느낌은 여전하다. 〈보헤미아의 숲〉 소설 속의 산정호수의 산장과 그 일대 광경을 떠올리게 하는 것으로는 실제 그 현장보다 한눈에 들어오는 걸로 치면 여기가 훨씬 낫지 않을까 싶다. 한눈에 들어오는 만큼의 작은 규모, 그렇지만 주변의 산림과 어우러져 "산수(山水) 간의 한 곳"의 느낌을 받기에는 충분한 것이기에 더욱 실감이 나는 것이겠지. 우리의 별서정원이 바로 그런 것이었다.

하이트뮐레, 체코 국경 초소

슈티프터의 고향 호르니 플라나로 가기 위해서는 체코와의 국경 하이트뮐레까지 버스를 타고 가서 거기서 체코 내륙으로 들어가는 기차를 이용해야 했다. 국경지대의 시골이라 교통편이 매우 좋지 않다.

배낭에 간단히 짐을 챙겨넣고 버스 시간보다 일찍 충분히 넉넉하게 호텔을 나왔다. 차도까지 나가는 길 한쪽은 넓은 풀밭이고 다른 한

호르니 플라나 역. 체코 남부 보헤미아 숲, 플뢰켄슈타인 산자락에 자리 잡은 슈티프터의 고향 호르니 플라나는 당시에는 오스트리아에 속해 있었고 오스트리아 식 이름은 오버플란이다.

쪽은 짙은 숲이다. 눈이 많은 이 고장에 겨울이 오면 저 풀밭은 온통 하얀 눈밭이 될 거다. 노르딕 스키를 타도 좋고 그냥 무릎까지 푹푹 빠지는 눈밭을 헤치고 뒹굴어도 좋겠다. 거기에 침엽수의 숲마저 하얀 눈에 덮여 온 세상이 하얀 세상이 된다면, 참 춥겠다.

그런 쓸데없는 생각도 하게 되는 걸 보니 참으로 오랜만에 마음의 여유를 찾나보다. 일에 치이고 직장 일에 짓눌려 언제 한번 제대로 마음을 놓은 적이 있었나. 모처럼 원거리 여행을 계획하고 야심차게 여기로 들어오긴 했지만 유럽에 도착하고 나서도 어디 잠깐이나 긴장을 놓은 순간이 있었나. 호르니 플라나로 가려고 길을 나선 지금, 모든 걱정 다 내려놓고 그저 시간 맞춰 오는 버스를 타고 국경을 넘어서면 될 일이다. 다만 켕기는 게 하나, 체코 측 국경 초소에서 무슨 시비나 걸지는 않으려나 싶긴 하지만 뭐 별일 있겠나.

차도는 완만한 내리막이 되어 체코 국경 쪽으로 이어지고, 시선의 끝, 소실점이 찍힐 만한 먼 거리에서 숲과 도로가 시야에서 벗어나고 있다. 그 사이의 도로 양쪽으로는 다시 짙은 평지의 숲이 가득 덮였고 숲과 초원 여기저기 띄엄띄엄 집들이 하나둘 눈에 들어온다. 전형적인 산촌 경관이다. 버스가 올 때까지는 시간이 넉넉했다. 그래서 옆 동네로 들어가 좀 둘러보고 거의 버스 시간에 맞춰 돌아나오는데, 바로 눈앞에서 버스 한 대가 정류장을 무시하고 획 지나쳐 가버렸다. 손을 흔들며 내달려보지만 소용이 없다. 다음 버스는 두어 시간 후에나 있다. 두 시간을 더 기다려야 한다는 사실보다 더욱 난감한 것은 국경을 넘어서서 타고 가야 할 그 다음 기차편이 다시 몇 시간 더 지나서야 있다는 것이었다. 그나마 그거라도 탄다 해도 호르니 플라나에서 돌아 나오는 막차가 끊어져버려 제 날에 돌아올 수 없다. 지도상 거리로 짚어 보자 하니 좀 부지런히 걸으면 국경도시 하이트뮐레까지 한 시간이면 되지 않겠나 싶다. 그 정도면 국경 지나서 체코 내륙을 오가는 기차 시간에 맞게 닿을 수 있을 것 같다. 별수 없다. 걷는 게 상책이다.

부지런히 걸었다. 도로에는 지나다니는 차는 별로 없는데 간간이 지나가는 차들은 엄청난 속도로 굉음을 내며 광속으로 지나간다. 독일은 고속도로에서는 속도 무제한이고 국도라 해도 도시나 취락의 구역을 벗어나면 왕복 4차선일 경우 보통 130km가 제한 속도이다. 그런 속도에 맞는 도로설계가 이루어져 있는 건 물론이다. 우리 옆으로 스쳐 지나가는 차들은 가히 고속도로를 달리는 정도의 고속으로 휙휙 날아간다. 그러든 말든 우리는 우리 길을 가면 되지.

처음 어느 정도까지는 상쾌한 공기를 마시며 느긋했다. 중간쯤에서 잠깐 시간과 거리를 계산해보니 여기에 엄청난 계산착오가 있었다. 지도상 거리로만 계산했고 시내에 들어가서 국경초소까지, 그리고 국경경찰과 여권 가지고 기싸움 하는 시간, 다시 기차표 사고 올라타고 해야 할 시간을 고려하지 않은 거다. 게다가 지금처럼 꽃놀이 하듯 느긋한 걸음으로 시간에 맞출 수가 없다는 결과가 나왔다. 비상사태, 엄청난 속도로 경보하듯 내달려 가까스로 하이트뮐레 국경에 도착했다.

그저 형식적으로 여권을 훑어보는 것으로 독일 측 국경초소 통관이 끝나고 체코 땅으로 들어섰다. 굳이 없어도 될 만한 자리에 가건물처럼 세워놓은 막사 같은 건물의 작은 문을 지나 들어서니 거기가 국경초소였다. 겉보기로는 참 조잡하지만 그래도 돌아가는 분위기로는 나름 삼엄했다. 다른 사람들은 그냥 건성으로 다 지나보내고 우리 차례에 와서는 여권을 챙겨서 저들대로의 방식으로 통관검열을 했다. 그렇게 짧지 않은 시간이 흘렀다. 기차 출발할 시간이 그리 많이 남아 있지 않는데 저이들은 우리의 기차 탈 권리를 보장해줄 것 같지는 않고, 그에 대한 보상을 해줄 턱은 더욱 보이지 않는다. 초조해한다고 도움이 될 것 같지 않고 재촉한다고 끄떡할 턱도 없고, 그동안의 경험으로 그냥 태연하기로 했다.

간신히 플랫폼에 닿았다. 플랫폼이라 해서 별다른 시설이 되어 있는 건 아니고 그냥 간이로 열차에 오르내리는 곳일 뿐이었다. 플랫폼에는 열차칸 두 개 달고 협궤철로를 다니는 간이열차가 대기하고 있었다. 어릴 적, 화차 없이 몇 칸만 달고 다니던 기동차라 부르던 방식의 전동차 같다. 자전거 여행을 하는 한 무리의 젊은 친구들이 자전거와 거대한 배낭을 기차에 싣고 있는데 그게 끝나면 곧 출발할 기세다. 거의 출발 시간에 임박하여 기차에 몸을 싣고 나서야 안도했다.

기차가 출발하고 차창 밖으로는 서서히 체코의 국경 부근 동네와 그대로 드러낸 그들의 모습들이 스쳐 지나간다. 무슨 대단한 경관이 펼쳐질 건 아니지만 자연히 차창 밖의 풍경에 눈이 간다. 체코의 생활수준이며 환경은 어떤지, 동서냉전이 엄연하던 시절의 체코는 명색이 동구권에서 동독에 못지않게 수준 있는 곳이라 했는데, 그런 소문이 무색하게 아무리 국경 변방의 시골구석이라 해도 이건 좀 심하다 싶을 만큼 차창 밖 풍경은 어수선하다. 그래도 아직은 단언할 수 없겠지. 좀 더 내륙으로 들어가면 사정이 다르겠지 했다.

시골 간이역 같은 곳에서 잠시 정차했다. 승객들 모두 우루루 내리는 걸 보니 잠시 쉬어가는 곳인가 보다. 역구내에 매점이라고 하나

독일의 국경 하이트뮐레. 호르니 플라나까지 협궤전동차가 하루 몇 차례 왕복한다.

있는데, 답답한 공기에 담배연기 자욱하고 청소라고는 거의 해본 적이 없을 것 같은 지저분함이 가득하다. 그래도 뭔가 차 한 잔 하려는 사람들로 북적인다. 매점에 대고 화장실을 물어보니 대충 멀리 바깥쪽을 가리킨다. 무슨 보수 공사 중이라 그런지 아무튼 간이 화장실이라도 있어야 할 것 같지만 역에는 화장실이 아예 없는 모양이었다. 그러고 보니 앞서서 철로 너머 멀찌감치 숲을 찾아드는 사람들이 줄을 잇고 있었는데, 그게 모두 익숙하게 알아서들 볼일 보러 찾아든 사람들이었다.

잠시 더 가다가 중간의 어느 역에서 한 무리의 아이들이 우루루 차에 올랐다. 조용하던 찻간이 부산해졌다. 그러나 결코 시끄럽고 난

잡하지는 않다. 학교에서 배운 공중 예절 교육이 제대로 된 관계일 걸로 짐작해본다. 예전, 지금보다 훨씬 못살던 시절의 우리도 그러했다. 자중하고 정좌하고 그리고 상대를 배려하느라 조신하고 했던 그런 우리 어린 시절의 모습이 비쳐온다. 이 아이들, 차창 밖에 펼쳐지고 있는 외부 환경의 잘 정돈되지 않은 채 내버려진 모습들과 비교되어 온다. 시설이야 좀 낙후되었다지만, 그리고 열악한 환경이야 일손이 미처 가닿지 않고 기차 여객 서비스를 철저히 하기에는 아직 자본주의적이지 못해 그러니 그걸 두고 흉이라 할 건 아니다. 공산권 국가의 현실이 그렇다는 거지, 중요한 건 사람이다. 그래서 이 나라의 미래는 분명 밝다.

호르니 플라나

호르니 플라나의 작고 깨끗한 역은 우리의 한적한 시골 역 같은 정도로 보이는데 구석구석 잘 관리되어 있었다. 슈티프터가 살던 당시 19세기 남부 체코의 보헤미아는 오스트리아 땅이었고 오스트리아식 이름은 오버플란이었다. 독일어로 된 책을 읽었으니 오버플란이 입에 익지만, 이젠 체코 땅이니 당연히 그들의 이름으로 불러줘야지.

호르니 플라나 역에서 나와 앞서 가는 사람들 꽁무니만 따라 한참을 가는데, 분명 이 길은 시내로 접어드는 길일 거라 짐작할 뿐이다. 저층 아파트로 이루어진 작은 단지가 있고 그 옆으로 그냥 풀밭 사이로 난 오솔길 같은 길이 펼쳐진다. 양 옆으로 닭장도 있고 토끼장도 있어서 완전 시골은 아닌데 농촌 분위기가 물씬 풍기는 게 뭘 기웃거리며 구경할 거리도 있고 묘한 재미가 있다.

유럽의 오래된 도시는 거의가 12~13세기경에 생겨났다. 동서와 남북으로 이어지던 중요한 교역로상의 교차점에 자리 잡았다가 이후 중요한 교역도시나 상업도시로 성장하였거나, 요충지에 자리 잡은 난공불락의 성을 중심으로 생겨난 군사적 거점, 그리고 수도원이나 주교좌를 중심으로 교회를 중심으로 자리 잡은 교회취락 같은 것이 대부분 도시의 근간이 되었다.

중세도시는 단단히 도시성벽을 쌓고 그 안에 웅크리고 살아가는 방식이었다. 방어전략상 될 수 있는 한 성벽의 길이를 줄여야 했기에 성 안의 공간은 매우 협소했고 고밀화되어 있었다. 화약이 등장하고 대포가 등장하면서 도시의 방어전략이 바뀌었다. 방벽의 구조도 중세와는 달리 열린 구조를 갖게 되었다가 급기야 그마저 헐고 성벽 바깥으로 확장해 갔다. 성 밖으로 확장되어간 17세기 즈음의 주거지를 신도시라 부른다. 중세 때부터 있어온 구도시 지역이 길도 좁고 미로 같은데 비해 성 밖의 신도시 지역은 넓고 똑바른 길과 반듯한 대지의 넓은 주거가 생겨나서 두 지역은 확연히 다르다.

호르니 플라나 역에서 밭 사이 길을 지나 새로 공동주거지로 개발된 지역으로 들어서니 공산국가의 전형적인 주거지처럼 저층의 연립주택의 주거단지가 나온다. 연립주택이 끝나는 즈음 길이 좁아지고 급하게 휘어지는 길목이 나타나고 그 어귀를 돌아서자 짐작하던 대로 이내 구도심이다.

구도심 중에서도 중심지로 보이는 곳에는 가운데로 길게 녹지공간이 있고 양 옆으로 음식점과 기념품점, 서점, 그 외의 다양한 종류의 가게들이 늘어섰다. 가게마다 사람들이 넘쳐난다. 서점에도 적지 않은 사람들이 책을 뒤지고 있고 커다란 슈퍼마켓에는 진열된 생필품이며 물건도 많고 활기가 넘친다. 광장은 약간 오르막으로 상당히 길게 이어져 있다. 모양새로 보아서는 옛날 공용목초지에서 비롯되었을 것 같다. 광장 끝머리 가장 높은 곳에 교회가 있고 그 아래로 작은 숲이 있고 풀밭에는 작은 분수도 있다. 벤치며 낮은 경계석 턱이며 어디고 걸터앉을 만한 곳마다 빈자리가 나지 않을 정도로 자리 잡고 앉은 사람들로 만원이다. 온 동네 사람들이 다 쏟아져 나온 건 아닌 것 같은데 차림새로 봐서 외지인들이 거의 절반이다.

대부분의 오래된 도시는 교역로상에서 전략 요충지 혹은 교회를 중심으로 형성되었지만 간혹은 농촌의 취락이 발전되어 도시화된 경우도 있었다. 언덕 정상부의 성이나 구릉 위 높은 곳에 자리한 교회에 의지해 형성된 산지의 취락은 산비탈과 산자락을 따라 겹겹이 쌓여 있는 괴촌 형식을 띠는 경우가 많고 평지에 입지한 대부분 도시는 길을 따라 길게 늘어져 하나의 선형을 이루는 가촌 형식을 띤다. 가로의 일부, 중앙에 반듯한 모양의 광장이 있어 광장에 면하여 교회가 자리를 잡거나, 주변 농지의 여건상 반듯한 광장이 만들어지기 힘든 경우에는 길의 일부 구간의 폭을 넓혀놓은 것으로 광장 기능을 대신하기도 했다. 간혹은 거기에 마을에서 공동으로 이용하던 목초지가 생기기도 했는데 호르니 플라나는 이 유형에 속한 도시였던 것 같다.

테마산책

녹지대가 끝나는 곳, 교회를 돌아서니 교회 후면으로 교회를 감싸듯 작은 동네가 나온다. 한눈에 보기에도 상당히 오래된 건물들 같은데 모두 빈집들이다. 일부는 지붕이 무너져 내렸고 무너진 틈새로 잡초가

호르니 플라나 구도심, 중앙교회와 녹지대 주변

무성히 올라오고 있는데, 복원수리의 손길을 기다리고 있는지 건물을 둘러싼 돌담도 군데군데 무너져 내렸다. 거기를 끝으로 구도심이 끝나고 바로 이어 동네 뒤로 숲이 시작된다.

우거진 숲 사이 오르막 비탈길로 많은 사람들이 오르고 있다. 숲 안 한 곳에 작은 빈터가 나오고 빈터 중앙 약간 뒤편으로 근엄한 표정의 슈티프터 기념동상이 서 있고, 동상 주변에 사람들이 빙 둘러 서서 혹은 앉아서 이야기를 주고받거나 조용히 무슨 생각에 잠겨 있다.

잠시 기념상과 예배당이 있는 이 언저리를 한바퀴 돌아본다. 여기 동상이 세워진 데에는 나름의 이유가 있겠지. 기념동상을 세우는 것은 어떤 기념할 일을 대외적으로 표명하는 점에서 의미가 있지만, 기념비나 동상을 어디에 세울 것인가를 고민하기 마련이다. 예배당이 있는 언덕 기슭을 배경으로 하고 동상이 세워진 빈터 주위를 휘 둘러보니 아니나 다를까, 숲에 가려 있어 눈에 띄지 않던 숲 너머의 아름다운 경관이 시야 가득히 들어온다.

　숲 바깥 너머로 훤히 시야가 트였는데 발아래로 평온하게 차 있는 거대한 호수가 나오고 호수 건너편으로 급사면을 이루며 시퍼런 벽면을 이룬 거대한 산 사면이 배경이 되어 온 전경을 가득 채우고 있다. 플뢰켄슈타인의 북사면이다. 호수는 자연 호수가 아니다. 근자에 호르니 플라나 앞을 흐르던 강 하류를 막아 댐을 건설했는데, 그 결과 생긴 저수호의 상류에 해당되는 곳이다. 숲 사이로 보이는 저수호가 된 강물과 그 뒤로 길게 동서 방향으로 뻗어나간 플뢰켄슈타인을 휘둘러 볼 수 있는 곳, 슈티프터의 동상을 건립하되 플뢰켄슈타인과 마주하며 고향 마을을 굽어보는 이 자리를 선정한 것이다.

　기념상에서 조금 더 언덕을 올라간 곳에 꽤 오래되어 보이는 예배당이 있고 예배당을 지나 동네 외곽을 따라 현대식 주거가 펼쳐지는 주택가 방향으로 가로수처럼 열 지어 선 숲길이 이어진다. 구도심으로 되돌아가지 않고 가로수 길을 따라 잠시 들어가볼까 싶다. 관광객들의 무리에서 벗어나 숲을 따라 한참을 나간 곳에 오래된 공동묘지가 나오고 이어 최근 새로 조성된 듯이 보이는 동네가 나왔다. 집들이 모두 반듯한 게 꽤 부촌인 것 같다. 동네가 끝나는 곳에는 넓은 초지의 들판이 펼쳐져 있다. 호르니 플라나의 동네와 기름진 넓은 들판은 국경 너머 여기까지 오는 동안 차창 밖으로 비쳐오던 그런 빈한함과 덜 정돈된 모습과는 판연히 다르다. 이 부유함은 어디서 오는 걸까? 그런 궁금증

외곽 산책로 한 지점에서 바라보이는 호르니 플라나는 슈티프터의 그림에 보이는 전경과 흡사하다.

청소년 시절 그린 이 그림으로부터 어린 시절 할아버지와 함께 했던 때의 동네를 더듬어볼 수 있다. 어린 시절 할아버지와 함께 했던 때의 오버플란. 교회와 교회 앞 광장, 그리고 좁고 길게 놓인 녹지공간을 중심으로 가촌(街村) 형식의 작은 도시가 형성되어 있었다. 그림 중앙에서 약간 오른쪽으로 치우친 곳에 교회가 있고 거기서 왼쪽으로 길게 도시가 확장되어 있다. 오른쪽 끝 언덕 작은 교회에서는 이 일대가 잘 조망되던 곳으로 보이지만, 현재는 숲에 둘러싸여 있다.

같은 걸 곱씹으며 들판 한가운데로 발길을 돌린다.

숲 외곽의 산책로를 따라 걷는 동안 산과 들과 동네가 하나가 되어 멀리 원경으로 바라보인다. 끝없이 굽이치는 초지는 완만히 강 쪽으로 흘러내리다가 강을 만나면서 끝나고 있고, 기름진 땅, 푸른 들판과 풍성한 초지, 넓은 초지를 가로질러 떼 지어 이동하는 소떼도 보이고, 강을 끼고 듬직하게 늘어선 준령과 훤히 열린 130도 범위의 전망, 시야를 꽉 채운 광경 어느 하나 비옥하지 않은 게 없다. 이곳의 부유함은 단지 관광객들이 떨어뜨리고 가는 몇 푼의 관광수익에서 오는 것만이 아닌 게 분명하다.

곳곳에 세워져 있는 표지판은 모두 체코어로만 되어 있어서 전혀 해독은 안 되지만 무슨 이야기를 하는 건지 대략 짐작할 만하다. 까마득히 멀리 플뢰켄슈타인 정상을 위시하여 완만한 능선을 이룬 고산준령이 좌우로 끝없이 이어지고 알 수 없는 이름의 여러 봉우리들이 플뢰켄슈타인 정상을 중심으로 길게 벋어 있는데, 비팅하우젠 성은 길게 늘어선 능선 왼쪽 끝 즈음에 있을 걸로 짐작해본다.

슈티프터가 몸담았던 19세기 중엽의 유럽 사회는 시민사회가 형성되던 때였다. 사회 일각 한 편에서는 개혁의 움직임에 적극적으로 참여하는 성향의 개혁세력이 있었고, 다른 한 편에는 사회개혁의 이상을 내세우면서 실제로는 전혀 개개의 이익을 추구하는 속물 근성이 난무하는 현실에 환멸을 느끼며 내면으로 파고드는 성향이 생겼다. 슈티프터도 그런 소시민적 자세를 지닌 사람이었다. 1848년, 유럽 전역에서 일던 사회개혁 운동과 시민혁명에도 불구하고 새로운 시대는 도래하지 않았다. 한때는 사회개혁을 기치로 적극 개혁운동에 참여했지만 이내 그런 사회 참여의 현실에 회의를 느끼고 빈을 떠나 린츠로 갔다. 그리고 린츠에서 작가로서 교육자로서 자신의 방향을 정했다. 린츠에서 슈티프터는 장학관으로서, 문화재위원으로서 작가로서 왕성한 활동을 했다. 이후 슈티프터의 행적은 린츠를 중심으로 한 북부 오스트리아 일대로 옮겨졌다.

문학사에서는 그를 특히 시적 사실주의 작가라고 한다. 슈티프터의 작품세계를 들여다보는 걸로도 그에게 시적 사실주의라는 타이틀이 잘 어울린다는 생각이 들지만 현장에서 만나는 그는 진정 시인이었다. 작품의 무대는 묘사가 치밀하고 사실적이어서 독자들로 하여금 생생하게 상상할 수 있도록 해주고, 플뢰켄슈타인의 거대한 준봉과 완만한 능선의 구름과 들판으로부터 그의 어릴 적 온몸으로 익히고 느꼈을 감성을 조금씩 들여다보게 되는 것이다.

슈티프터는 일찍이 아버지를 여의고 할아버지 슬하에서 성장하였다. 할아버지와 들일을 하면서 경험한 고향의 숲과 산은 작가의 마음을 풍요롭게 했다. 작가의 학문적 바탕이며 장차 작품 세계를 이루

슈티프터 생가 박물관. 슈티프터 생가 박물관의 전시물. 외국어 번역 출판물에 한국어 번역본은 없었다.

는 바탕에는 김나지움 시절의 학문과 경험, 고향에서의 어린 시절, 할아버지를 따라 다니며 산을 타던 일, 할아버지로부터 들어온 수없이 많은 사람 사는 이야기, 자연에 덧붙여져 이야기되어 오는 민담과 전설 같은 것들이 탄탄히 매겨져 있었다. 슈티프터의 〈보헤미아의 숲〉에는 어릴 적 고향에서 매일같이 마주했던 산속 깊숙한 곳의 숲과 호수가 담겨 있어 소설이지만 수필 같았다. 소설로 읽던 그 느낌이 이 현장에서 진정성 있게 다시 느껴지는 것이다. 자연의 오묘함, 잔잔히 읽혀지는 사계의 변화, 거기에 사람들의 이야기가 한데 어우러져 있는 생생한 묘사, 사실적 표현, 그 모두가 자연에 침잠하고 자연에 깊이 파고들어 세심하게 관찰했던 작가의 화가로서의 안목이었을 것이다.

생가에 마련된 슈티프터 박물관은 도심으로 들어가는 길목의 동네 어귀 한쪽에 자리하고 있었다. 지금은 주택가 한가운데가 되어 있지만 예전에는 다소 외곽의 몇 가구의 농가로 이루어진 외딴 동네였을 것 같다. 숲 가장자리의 언덕 산책로를 따라 걸으며 도시 외곽을 휘둘러보고 박물관까지 동네를 한 바퀴 돌아오는 길은 단기간의 여행자를 위한 테마 산책로로서 딱 어울릴 코스다.

슈티프터의 생가에는 방 안과 마당, 그리고 계단 여기저기 온 집 안에 작가에 관한 자료가 전시되어 있는데 주로 문학작품에 관련된 자료다. 어느 작은 방, 중앙에 유리 덮개를 해둔 테이블에 진열된 여러 나라의 번역본들이 눈에 띈다. 여러 국가의 언어로 번역된 번역본들이 전시되어 있다. 일본어 번역본은 버젓이 전시되어 있지만 우리말 번역본은 없다. 예상이야 했지만 괜히 허전하다.

고된 하루

호르니 플라나 역, 플랫폼 끝자락 쪽으로 해서 막 역 구내에 들어서는데 기차가 움직이기 시작했다. 꽁무니를 따라가며 손을 흔들어봤자 이미 출발해버린 기차가 서줄 리가 없다. 아직 한 대가 더 있긴 한데 두 시간이나 후에 있었다. 역 주변에는 동네도 없고 별달리 둘러보며 시간 보낼 만한 것도 마땅치 않아 꼼짝없이 또 두어 시간을 역 구내에서 보내야 할 것 같다.

막차를 타고 하이트밀레로 돌아왔지만, 돌아가는 버스는 이미 오래전 끊어졌다. 호텔까지는 또 걸어서 가야 한다. 날은 이미 캄캄해졌다. 만일에 생길 비상조치로 소형 손전등을 준비해 갔지만 그마저 배터리가 완전 방전된 상태여서 무용지물이다. 칠흑 같은 어둠 속에서 한치 앞도 보이지 않는 안개 낀 어두운 숲을 두 시간 만에 벗어났다. 그래도 다행이다 싶은 게, 밤새 숲속에서 길을 잃고 헤맬 뻔했지만 두 시간여 만에 호텔로 돌아온 건 천우신조였다. 어찌 되었건 이걸로 오늘 예정한 몫의 여행은 해낸 건가.

생각해보면 오늘 하루 슈티프터 여행, 참 별난 일들도 많았다. 이른 아침부터 버스를 놓치고 몇 시간을 걷고 검문을 받고, 기차 놓치고

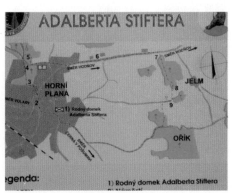

호르니 플라나의 슈티프터 테마 산책로. 시내(2~5)와 외곽 들판(6~9)을 둘러서 생가(1)까지 한 바퀴 돌아오게 되어 있다.

호르니 플라나 도심을 벗어난 외곽 주택가 일대의 숲, 공동묘지, 목초지

칠흑 같은 숲에서 길을 잃고 방향을 잡지 못하고 헤매다 기적처럼 이렇게 돌아왔으니 말이다.

플뢰켄슈타인

락켄호이저

매일 저녁 무렵 호텔로 돌아오면 프런트에 그날 있었던 일과 다음날 예정된 일을 보고했다. 보고라기보다는 우리의 일거수일투족을 관심 있게 들여다보고 있다는 느낌도 받았고 해서 매일의 일들을 일러주곤 했다. 일상의 한 부분일 뿐이었지만 호텔 주인은 그런 걸 매우 진지하게 여겨주었고 우리도 그걸 즐기고 있었다. 어제도 밤늦게 호텔로 들어오면서 호르니 플라나에서의 무용담과 내일은 또 무얼 할 건지 호텔

드라이렌더마르크, 플뢰겐슈타인 정상 못 미처 능선상의 한 지점에서 독일, 오스트리아, 체코 세 나라의 국경이 만난다. 그곳에 드라이렌더마르크 즉 세 나라 국경비를 세웠다.

안주인에게 보고했다.

　락켄호이저까지는 버스를 타야 하기에 아침 일찍 서둘러 방을 나섰다. 마침 바깥주인이 쾰른으로 호텔 관계자들 워크숍에 갈 일이 있어 길 떠나는 참이니 가는 길에 떨어뜨려 주겠다며 차에 시동을 걸어놓고 있었다. 버스를 타고 왔다면 버스 기다리는 시간에 시골 마을 구석구석을 둘러오느라 꽤나 시간을 잡아먹었겠지만 지금 그 길을 한걸음에 내달려 왔다. 한참을 시골길을 달려 락켄호이저에 들어섰다. 동네가 끝나고 산기슭으로 이어지는 언저리, 숲과 경계를 이룬 곳에 넓은 초지를 안고 있는 규모가 큰 저택 로젠베르거 굿(Rosenberger Gut)에 닿았다. 슈티프터는 락켄호이저의 친구 집, 로젠베르거 굿에 머물면서 작품을 구상하곤 했다. 독일어로 굿gut은 영어의 굿good과 동일하지만 대문자 굿Gut은 농장이다. 그래서 로젠베르거 굿은 로젠베르크 농장이란 의미다.

　현재는 유스호스텔로 운영되고 있는데, 유스호스텔 한쪽에 별도로 슈티프터의 자료관을 마련해놓았다. 아직 문을 열 시간이 아니지만 멀리서 온 손님을 위해 미리 문을 열어주었다. 자료관은 2층 오른쪽 날개 쪽에 마련되어 있었다. 유스호스텔에서 며칠 묵으면서 숲도 거닐고 산에도 오르고 할 수 있다면 이 여행과도 잘 어울리겠다만, 바이에른 주에서는 유스호스텔을 이용할 수 있는 나이 제한이 엄격하게 지켜지고 있어서 우리에게는 묵을 수 있는 자격이 없다.

　차를 태워준 것도, 아직 개관시간이 멀었음에도 아침 식사준비에 여념이 없는 유스호스텔 관리인에게 특별히 부탁하여 문을 열어주도록 배려해준 것도 모두 호텔 주인이었다. 곱절로 고마움을 느끼면서 조용한 기념관을 둘러본다. 삐거덕거리는 마룻바닥의 소리를 조금이라도 줄여보려고 조심스럽게 천천히 발걸음을 옮겨보지만 그 모든 노력도 헛되이 삐걱 소리가 온 층을 흔들어놓는다. 이 한적한 저택의 2층에는 우리뿐이다.

유스호스텔은 짙은 안개에 싸여 있고 기념관의 창을 통해 내다보이는 바깥에는 숲과 농장 주변의 목장과 목초지가 한데 어우러져 있다. 이른 아침인데다 산골이고 독일 땅이다 보니 꽤 껴입었지만 추워서 몸이 움츠러지고 하얀 입김이 쏟아져 나온다. 여름 한가운데 7월인데.

차질

락켄호이저에서 시작되는 등산로를 따라 산을 넘고 체코 국경 너머로 〈보헤미아의 숲〉의 무대 산정호수를 찾아가는 대장정이다. 이번 여행의 클라이맥스가 될 것 같다. 만만찮은 산행이어서 며칠 전부터 긴장을 늦출 수가 없었다. 어제 밤은 더 심했다. 락켄호이저까지 버스로 와야 했고 거기서 산행을 시작하여 산 정상까지 올라 다시 체코 방향으로 한참을 하산하여 목적지에 이른다는 계획이었다. 간 길을 그대로 되짚어 락켄호이저로 하산하여 버스를 타고 호텔로 돌아오면 산행만 따져서 대략 5~6시간이 될 것으로 예상해 보았다. 산세가 험하다면 그보다 더 걸릴지 모른다. 어떻게든 저녁식사 시간에 맞춰 무사히 돌아올 걸 목표로, 그대로만 되어준다면 오늘의 힘든 하루 여정이 완벽하게 마무리될 것이었다. 물론 그 모두가 톱니바퀴처럼 잘 물려 돌아간다는 가정 하에서 이야기다.

여행을 하다보면 뜻하지 않은 변수를 만난다. 뜻밖의 도움을 받아 일이 술술 풀릴 경우도 있지만 별수 없는 돌발 상황에는 당황할 수밖에 없다. 아직까지는 모든 게 순조롭다. 승용차로 휙 날 듯 쉽게 온데다 자료관까지 특혜를 받으며 관람했으니 왠지 오늘은 좋은 일만 있을 것 같다. 유스호스텔 뒤로 넓은 초지가 펼쳐 있고 초지가 끝나는 곳에서 숲이 시작되는데, 이제 저 숲 속으로 들어가 등산을 시작할 참이다. 숲으로 접어들기 전 한번 점검을 해본다. 우선 돌아갈 버스 시간을 체크하는 게 순서일 듯하다.

독일은 어떤 원칙을 정해놓고 일단 정해진 원칙이 있으면 철저히 지킨다. 대중교통편 역시 철도를 중심으로 거미줄처럼 엮여진 네트워크가 있고 잘 짜인 운행시간이 있어서 그걸 어김없이 지켜간다. 시골 동네라 하더라도 버스정류장에 붙어 있는 A4지 한 장 크기의 운행시간표만 따르면 일분일초의 어김이 없다. 그렇게 철저한 만큼 이용자역시 항상 운행시간을 눈여겨보고 있어야 한다. 그러나 일 년 내내 한결같이 똑같은 원칙에 따라 기계처럼 돌아가는 게 아니라 수시로 예외적으로 적용되는 변수가 존재하기 때문이다. 어느 요일은 다니고 어느 요일은 다니지 않는다거나, 혹은 요일의 문제가 아니라 일 년 중 특정한 날이나 기간 동안은 운행시간이 변칙적으로 적용되거나 아예 통째로 없어지는 경우도 있다. 그런 걸 잘 파악해두지 않으면 낭패를 보는 경우가 생긴다. 시골 한적한 동네면 특히 잘 살펴두어야 한다.

혹시나 하며 버스정류장의 오후 시간표를 살펴보는데 아무리 보고 또 봐도 오늘 오후 운행되는 버스가 없다. 아예 이른 아침부터 저녁까지 하루 통째로 운행되는 차편이 없다. 공교롭게도 버스 운행이 없는 날이다. 아침부터 무척 순조롭게 진행되던 여정에 큰 차질이 생겼다. 산행은 둘째치고 호텔로 돌아갈 일이 까마득하다. 그냥 걸어서 해결될 거리가 아니다. 최소 한나절은 걸릴 텐데 이 문제를 어떻게 해야 하나?

상황이 이러니 어떻게 하지?

왜, 못 가는 거야?

아니 뭐, 가기야 하는데, 계획에 수정을 좀 해야 할 거 아닌가? 산정 너머의 호수로 넘어가는 건 포기하고 정상까지만 간다든가, …

무슨 소리, 이게 가장 중요한 곳인데 무조건 가야지.

호텔로는 어떻게 돌아가?

산행을 포기할 수는 없다는 걸로 보자면 우리 모두 같은 생각이었다. 그러나 디테일로 들어가보면, 한 사람은 돌아갈 길을 걱정해 계획을 조금 수정하자는 생각이고 다른 한 사람은 앞뒤 문제야 어찌 되었건 목적 달성할 걸 간절히 바라고 있다는 입장의 차이가 조금 나긴 한다.

여기서 계속 이러고만 있을 게 아니라 일단 산행을 시작하기로 했다. 산을 오르긴 하되 산 정상까지만 가고, 거기서 상황 봐서 체코 쪽으로 넘어가 최종 목적지 산정호수를 다녀올지 말지는 그때 봐서 결정하기로 했다. 다만 돌아올 때는 어차피 차편은 없으니 이곳 락켄호이저로 온다 해도 별 소용없으니 정상에서 서쪽의 능선을 따라 종주하여 호텔 뒷산 쪽으로 가고 거기서 하산하여 곧바로 호텔로 찾아들기로 한다. 대략 계산해도 최소 11시간은 걸릴 것 같다. 그러자면 아무리 빨라도 밤 10시가 넘을 거니 그건 힘든 일이다. 해질 무렵에는 호텔로 돌아갈 수 있도록 하자면 호수까지 다녀올 수는 없다. 대략 그렇게 작정하고 일단 산을 오르기로 했다.

국경 따라가는 등산로

완만하게 오르막이던 초반의 산길에서는 거의 평지 길을 하이킹하듯 푸근했다. 고도를 높여감에 따라 점차 숲도 사라지고 고산지대의 낮은 키의 관목이 우거진 구간이 나오는가 싶다가 이내 바위와 작은 돌이 굴러내려 첩첩이 쌓인 모양으로 너덜이라고 부르는 온통 돌밭이 된 급경사면이 나왔다. 서서히 오르막이 되던 산길도 어느덧 숨이 차도록

락켄호이저의 로젠베르거 굿. 슈티프터가 머물며 집필했던 로젠베르크 농장. 목장이 끝나는 즈음에서 플뢰켄슈타인 정상을 오르는 등산로가 시작된다.

급경사가 되었다. 하산 길이 두 배는 길어진데다 산길이 만만치가 않다. 긴 산행이 될 거라고 예상하고 가능한 한 짐을 줄이자는 생각에 물이며 빵이며 모두 조금씩만 챙겼던 것도 적잖이 맘에 걸린다. 사과도 반쪽, 물도 반병, 빵도 조금. 목이 말라도 나중을 위해 아꼈다. 빵은 맨 나중에 꺼내기로 하고, 사과 반쪽을 다시 반쪽으로 나누어 한 입씩 베어 무는 걸로 근근이 지탱하긴 하는데 과연 산 너머로 호수까지 갔다가 끝없이 오르내려야 할 이 산행을 무사히 끝낼 수 있을지. 신발도 복장도 그냥 운동화에 평상복인데 이 산은 앞으로 얼마나 험한 길이 나올지도 몰라 산행 내내 몹시 긴장하고 있었다.

아까부터 우리보다 약간 앞서 젊은 부부가 오르고 있었다. 조금 멀어져서 시야에서 사라졌는가 싶다가도 어느덧 조금 앞 가까이로 좁혀졌고 또 벌어졌다가 다시 좁혀지기를 반복하고 있었다. 분명 우리보다 걸음이 빠른데 평균해서 보면 우리와 떨어진 거리가 얼마 되지 않는 거다. 우연히 눈에 띄기를, 산길에서 한 발짝 벗어나 풀섶에서 허리를 굽히고 기웃거리며 그러고 있었다. 뭔가 있나보다 하고 길 한쪽으로 시선을 돌려보니 길섶 군데군데 산딸기, 블루베리, 그런 빨갛고 파란 열매가 가득하다. 그것들을 따먹느라 그러고 있었던 모양이다.

이런 세상에, 그래, 이거야. 이걸 따먹자.

앞으로 남은 긴 산행에 대비해 배낭에 담긴 반쪽짜리 식량은 그냥 비상용으로 비축해두기로 하고 열심히 열매를 따먹는데, 그 덕에 긴장도 풀리고 먹는 게 해결되고 보니 여유가 찾아든다. 콧노래 부르며 세월아 네월아 발걸음을 옮겼다.

세 나라의 국경, 드라이렌더마르크

산길은 독일과 오스트리아 국경을 넘나들고 있었다. 여기에 체코까지 합세하면 세 나라의 국경 표시는 또 얼마나 어지럽게 뒤섞이게 될까 싶지만 내가 그것까지 걱정할 건 아니지. 말이 국경이지 달리 철망 같은 담장을 쳐놓은 건 아니고, 10~15cm 크기로 바위에 오스트리아와 독일의 국기를 그려놓은 마킹으로 대신하고 있었다. 참 간편하고 명료하다. 미니멀리즘이 꼭 예술에만 있는 건 아니다 싶다.

급해지던 오르막이 완만해지는 걸 보니 능선 가까이에 이르렀나 싶다. 잠시 후 꽤 넓은 평지가 나타났다. 지도상으로 정상까지는 아직 상당히 남아 있는데 거기서 산길은 남동쪽과 북서쪽으로 갈라져 나간다. 락켄호이저에서 올라오던 남쪽 사면의 등산로까지 해서 세 갈래의 등산로가 한자리에 모인다. 평지 한가운데 삼각기둥 모양의 기념비가 세워져 있는데 여기가 이름하여 '세 나라의 국경이 모이는 지점에 세운 국경비'라는 뜻의 드라이렌더마르크, 독일 오스트리아 체코 세 나라의 국경이 모인 지점이다.

플뢰켄슈타인

드라이렌더마르크에서 동쪽으로 난 길로 접어들어 한참을 가면 플뢰켄슈타인 정상에 이른다. 정상까지만 갈 건지, 원래의 예정처럼 정상에서 계속 북쪽으로 체코 내륙 방향으로 하산해서 산정호수까지 갔다올 건지 아니면 바로 여기서 서쪽으로 능선을 따라 독일 쪽으로 돌아가야 할지 결심해야 할 지점이다. 호수까지 갔다 오자는 만용에 가까운 결정을 보는 데 1분의 시간도 지체하지 않았다. 산행을 시작하던 때

플뢰켄슈타인 정상으로 이어지는 능선을 따라 가는 길에는 늪지도 나오고 돌길도 나오며 바위투성이 언덕도 나온다.

와는 상황이 많이 달라져 있다. 시간 문제가 아니라 산열매를 따먹으며 오는 동안 음료수 문제도 식량 문제도 많이 해소되지 않았나.

드라이렌더마르크 주변에 마련된 벤치에 앉아 이 높은 고지에도 불구하고 아직 곳곳에서 산열매들이 눈에 띈다. 열심히 따모은 산열매 한 움큼으로 마지막 만찬 같은 요기를 하고는 다시 갈 길을 재촉한다. 산딸기며 지천으로 널린 열매로 큰 힘을 얻은 관계로 망설임 없이 강행하는 걸로 결정은 봤지만 여전히 시간 싸움에 체력 안배에 걱정이 없지 않다.

드라이렌더마르크에서 정상으로 가는 구간에는 거의 높낮이의 변화가 없이 평지 같은 길이 이어지고 바위 위에 그려놓은 국기 마킹에는 오스트리아와 체코 기가 번갈아 나타났다. 나아가는 방향에서 왼쪽인 북쪽은 체코이고 오른쪽의 남쪽은 오스트리아다. 어느덧 길가의 산열매도 사라졌다. 그때까지의 숲과는 완전히 다른 분위기의 경관에 매료되었다. 좀처럼 보지 못했던 경관이 주위에 가득하다. 구간 구간

에는 고산습지가 형성되어 있는데 등산로 구간임에도 자연 생태로 잘
유지되고 있다. 습지와 오르내림조차 거의 없는 긴 능선이 반복되던
구간이 지나면서 바위투성이에 오르막이 나오고, 바위 틈새로 말라 쓰
러진 나무둥치와 고목이 되어 온갖 풍파를 이겨낸 백전노장 같은 형색
의 나무들이 자주 눈에 띈다.

호수의 지류를 따라 서서히 올라가다보면 확 트인 곳이 나온다.
바로 숲 속의 늪지다. 천년이 넘는 긴 세월 동안 퇴적되어 온통 검은
빛깔이 된 태고의 대지 위로 무수히 흩어져 있는 둥근 화강암들, 비
에 노출되어 씻기고 마모된 채 땅 위로 드러난 돌들을 보면 창백한
두개골이 연상된다. 그 주위에 쓰러진 나무와 물에 떠내려 온 굵은
나뭇가지들이 여기저기 흩어져 있다. … 사람의 손길이 닿지 않은 처
녀림에는 침묵이 감돈다. (《보헤미아의 숲》 p.12-13)

이윽고 눈앞으로 거대한 바위 언덕이 길을 막고 섰는데 바위 위
에는 한 무리의 사람들이 올라가 있다. 바위 언덕 자락에는 전화기 모
양으로 마킹이 되어 있고 바위 언덕에 올라간 사람들은 오랜 등반 후
의 고된 몸을 쉬고 있거나 저마다 휴대폰을 꺼내들고 어디론가 전화들
을 하고 있다. 이런 오지에서 휴대폰이 터진다는 것 자체가 기념할 만
하지.

바위산 아래로는 급히 내리막이 되어 산길이 짙은 숲속으로 빤히
치달려 들고 있다. 좌우로는 방금 걸어온 긴 능선을 따라 이어진 거의
같은 스타일의 길이 끝없이 펼쳐졌고 앞과 뒤로는 엄청 가파른 경사의

플뢰켄슈타인 능선. 드라이렌더마르크를 기점으로 길게 동서방향으로 등산로가 이어진다. (왼쪽 사진) 정상은 이 길을 따라 한참 간 곳에 있다. (오른쪽 사진) 정상으로 가는 방향에서 왼쪽이 체코이고 오른쪽이 오스트리아다.

내리막이다. 햇살이 파고들 틈조차 주지 않는 빽빽한 침엽수림인데다가 그 키가 무려 수십 미터에 이르러 온통 시야를 가로막고 섰다. 주위로 더 높은 뭔가가 보이지 않는 걸 보니 플뢰켄슈타인 정상인 게 분명한데 전후좌우를 둘러봐도 눈에 들어오는 감격적인 저 아래의 세계가 없다. 고산 정상임에도 불구하고 사방이 빽빽한 숲에 둘러싸여 온통 시야가 막혔다. 분명 정상인데 정상에 오른 느낌이 전혀 들지 않는 이상한 기분, 야호! 라도 외쳐야 할 것 같지만 플뢰켄슈타인의 산지 구조상 전혀 그런 정상에 올라온 느낌이 들지 않는다. 구한말 1901년, 우리나라를 찾아왔던 독일 기자 겐테는 어렵사리 제주도까지 가서 오매불망 가보고 싶었던 한라산 정상에 올랐다. 가지고 갔던 고도계를 이용해 한라산 고도를 측정하였고 그게 한라산을 오른 최초의 공식 사건이자 한라산 고도가 최초로 측정된 순간이었다.

아침부터 줄곧 힘겹게 올라온 1천 미터는 맑고 찬 대기 속에서 아무 것도 아닌 양 손아래에 금방 닿을 듯하다. 섬을 빙 둘러 완만한 경사를 이룬 산비탈은 온통 풍요롭다. 용암 덩어리가 무서운 속도로 바다로 향해 흘러내리면서 남긴 거대한 흔적들을 망원경을 통해 확인할 수 있었다. 아래쪽이 점점 넓어지면서 강어귀를 형성하는 두 개의 넓고 검은 선을 이루며 바다로 흘러들고 있었다. (〈독일인 겐테가 본 신선한 나라 조선, 1901〉 p.274)

백록담 정상에서 내려다보이는 제주도 일대의 경관을 읊은 부분을 보자면 그때의 그 사람의 감정이 어떠했는지 짐작이 갈 것도 같다. 그런데 나는 여기 플뢰켄슈타인 정상에서 그것과 완전 반대의 입장이다. 호흐발트, 아, 이런 걸 고산림이라 하는 건가. 고산지대에 있는 산림, 그냥 그런 개념 정의된 걸로는 그 실체가 잘 와닿지 않지만 여기서 비로소 고산림이란 존재가 피부로 느껴져 온다.

천 길 낭떠러지, 숲평선

플뢰켄슈타인의 바위산에서 내려와 북쪽으로 난 내리막 산길을 따라 내려가는데, 그게 워낙 가파른 길이라 잠시 정지할 틈도 없이 거의 내 달리다시피 굴러 내리는 꼴이다. 얼마나 굴렀을까, 눈앞으로 오벨리스크 모양의 기념탑이 하나 나타났다.

슈티프터의 작품은 거의 모두 스토리 전개에서 극적인 오르내림도 반전도 없이 잔잔하다. 〈보헤미아의 숲〉 역시 거의 오르내림이 없다 남작의 두 딸 클라리사와 요한나가 산정호수의 산장으로 온 후 처음으로 집 뒤 바위언덕에 올라 망원경을 설치하고 멀리 아버지 남작이 있는 비팅하우젠 성을 관찰하는 부분이 나온다. 딸들은 호숫가 산장에서 만처럼 휘어 들어간 호숫가를 돌아가 산장 뒤로 해서 바위산으로 올랐다. 그렇게 산을 오른 지 한 시간 만에 정상에 이르렀다. 망원경은 생전 처음이어서 클라리사도 요한나도 모두 낯설다. 망원경을 조립하여 흰 자작나무 그루터기에 고정시키는 동안, 거기 있던 모든 시선들은 벌써 먼 곳으로 향하고 있었다. 청명한 하늘이 숲 위로 뻗어나가고 있고 검푸른 숲들은 둥글게 불룩불룩 덩이를 이루며 끝없이 펼쳐지고 있었다. 시선이 끝나가는 언저리로 희미한 선의 흔적이 아련히 들어오는데, 자세히 보면 그건 무르익은 옥수수밭에 수확해 놓은 것이었다. 오른쪽 창공으로 이동하는 안개가 서서히 주변을 가로막고 있는 언저리에 아담한 주사위 모양의 성은 작고 푸른 점이 되어 공중에 떠 있다!

망원경 안으로 멀리 까마득히 먼 곳의 뭔가가 들어오는데 생소하고 낯설었다. 망원경 안에 낯선 풍광과 그 속에서 갑자기 초점이 맞춰지면서 선명하게 시야에 훅 다가드는 것이었다.

어느 한 순간 초점이 맞았다. 모든 것이 너무 선명하고 가까이 다가와 그녀는 깜짝 놀랐다. 마치 요술에 걸린 듯했다. 그러나 그 모습이 너무 낯설었다. 신기한 산마루와 능선, 그리고 산정상의 예리한 바위들이 망원경 사이로 순식간에 스쳐갔다. 이어 찬란한 햇살과 푸르디푸른 빛깔의 허공이 끝없이 이어졌다. (《보헤미아의 숲》 p.61-62)

클라리사는 나사를 조절해가며 숲 가장자리를 따라 이동시키면

플뢰켄슈타인 등산로 주변

서 망원경을 맞춰보았다.

　　망원경 한 언저리에 작지만 섬세한 그림 같은 비팅하우젠 성이 떨리고 있었다.

　망원경 속에 선명히 들어와 망원경의 미세한 흔들림으로 떨려오는 상. 망원경으로 들여다보이는 세상은 별세상이었다. 햇살에 반짝이는 지붕과 함께 성은 산뜻한 모습으로 고요한 하늘 아래 서 있었다. 아무 이상 없었다. 아무리 경치가 아름답다 해도 무사한 성을 똑바로 알아본다는 게 오, 얼마나 아름답고 정겨운가! 잔잔히 흐르던 스토리가 한번 툭 치며 오르는 작은 클라이맥스를 이룬 부분이다.

　기념탑에서 몇 발걸음 앞은 천길 절벽이다. 요한나와 클라리사가 산장으로부터 한 시간 걸려 올라와 망원경을 설치한 장소, 망원경을 들여다보던 이 장면을 그려놓은 '시점장'이기에 딱 어울릴 곳이다. 안전한 난간을 만들어놓아 자연스럽게 작은 전망 데크가 되어 있다. 난간에 의지해 바짝 앞으로 다가서 보는데, 끝없이 펼쳐져 나간 시선 끝에는 하늘과 숲이 맞닿은 곳의 지평선과 발아래 길게 입을 벌리듯 펼쳐 있는 거대한 호수에 가슴이 먹먹해진다.

　끝이 보이지 않은, 끝없는 지평선!
　저건 모두 숲인데?
　그래, 그럼 숲평선이지 뭐.

하늘을 찌를 듯이 솟아오른 침엽수가 가득 찼고 숲은 다시 온 하늘을 막아서서 한낮의 밝음을 가려놓은 어두움으로 가득하다. 숲의 작가 슈티프터를 기리는 기념비를 세울 자리, 호수와 숲이 내려다보이는 보헤미아 숲 한가운데 여기 말고 달리 어디서 찾을 수 있었을까. 침엽수를 닮은 오벨리스크 모티프가 떠오르는 것 역시 기념비 디자인으로는 그냥 자연스러운 결론이었겠지. 그런 필연적인 연유로 바로 이곳, 호수가 내려다보이는 이 자리의 침엽수를 닮은 오벨리스크 모양의 기념탑, 참 기막힌 조합이다.

기념탑을 놓을 자리를 잡는 입지 선정과 기념탑을 디자인하는 과정으로 보자면 우리나라에서 전통적으로 정자를 세우던 것과도 비슷하다. 정자는 경치 좋은 곳을 찾아 그냥 세우면 될 것 같지만 실제로 정자 하나를 세우는 건 쉽지 않다. "물 좋고 반석 좋은 곳은 없다"고 했던 옛말이 있다. 원래 그 말의 뜻이야 이 조건을 맞추면 다른 저 조건이 모자라고, 그렇게 완전한 조건을 갖춘 사람이나 이상적인 조건을 갖춘 환경은 없다는 걸 일러주는 말이었다 해도, 아무리 고르고 또 골라도 이게 좋으면 저게 모자라고 저게 갖추어지면 다시 이게 안 되는 게 세상의 이치, 그래서 정자를 세울 자리로 물도 좋고 반석도 좋은 완전한 조건이 갖추어진 곳은 없다는 말로 비유되어온 것이다.

이론적으로 보자면 일단 정자를 놓을 자리를 마련한 후 거기에 정자를 세우고 또 정자를 세운 뜻을 기리며 기념하고 그 뜻을 후세에 전하노라는 한 말씀도 잊지 않는 단계별 결정 사항들을 차례로 이루어가면 될 것 같지만 그 모두가 정자를 세울 자리를 보는 첫 단계에서 비롯된다. 정자를 세우는 일은 먼저 자리를 정하는 일부터 시작된다. 정자를 세울 자리를 정했다는 건 그곳의 좋은 점을 취하고 모자라는 부분은 어떻게 채워 보완할지를 감안하여 그 장소에 맞는 정자의 구상도 거의 마무리되었다는 걸 말한다. 이후의 뒤따르는 모든 일은 거의 정해진 순에 따라 구체화되는 단계일 뿐이다. 정자의 건축을 이야기하고 시문을 곁들여 거기서 내다보이는 경관을 논의하는 이야기로 이어지는 것은 정자를 전통미학으로 접근하는 대표적인 방식이다. 이 정자가 여기 세워지기까지를 논의하면서 정자를 세운 이의 생각과 철학은 물론이고 그곳의 지형지세와 자연경관과의 관계까지 더불어 이해하려하는 건, 그게 모두 물 좋고 반석 좋은 곳을 찾으려 고심하던 작정자의 마음을 읽는 것이기 때문이다. 보헤미아의 '숲의 작가'를 위한 기념비를 세우기로 했을 때에도 자리를 물색하고 거기에 어울릴 도안으로 작가의 이름에 버금갈 수 있는 형태를 잡아가고, 이런 일련의 조건을 갖추어가는 과정을 거쳤을 것이 분명하다.

평소의 버릇처럼 슈티프터 기념비 앞에서 이 비가 세워진 과정에서 있었을 일들을 유추해 보았다. 여기는 〈보헤미아의 숲〉의 주 무대 산정호수 플뢰켄슈타인 호수가 한눈에 내려다보이는 곳이자 주인공 두 자매가 수시로 올랐던 깎아지른 바위 절벽 정상이다. 거기서 딸들은 망원경을 설치해놓고 비팅하우젠 성을 관찰하며 그날그날 멀리 두고 온 아버지 하인리히 남작의 무사함을 확인하곤 했던 곳이자 소설의 작은 클라이맥스를 이루었던 장면의 현장이다. 거기에 하늘을 찌를 듯이 치솟은 짙은 침엽수 숲에 어울리게, 그러면서도 숲의 경관을 해치지 않는 형상을 가져오는 제반 과정들이 심사숙고되고 진중히 논의되는 가운데 등장한 이런 저런 여러 가지가 "여기, 오벨리스크"라는 결

슈티프터 기념탑과 묘비. 슈티프터 기념비는 플뢰켄슈타인 정상에서 체코 깊숙이 내려간 곳, 호수가 한 눈에 내려다보이는 절벽 가까이에 있다. 린츠 공동묘지의 슈티프터 묘비도 보헤미아 숲에 세워진 기념탑처럼 오벨리스크 모양이다.

정적인 모티프를 만나면서 일순 깔끔하게 해결된 것이었겠다.

검은 눈동자 같은 호수

숲평선을 아래로 시커멓게 물든 검은 빛 가득한 산정호수가 눈에 들어오고 발밑은 까마득히 천길 낭떠러지다. 베르티고vertigo, 현기증이 난다.

바람 한 점 없는 호수의 수면은 물결 하나 일지 않고 잔잔하다. 거대한 거울같이 깊고 검은 수면에 숲과 잿빛 암벽이 비친다. 그 위에 한가로이 떠 있는 검푸른 하늘 한 조각. 호수 주변에는 전나무 열매 떨어지는 소리나 독수리의 짧은 외침 외에는 어떤 소리도 들리지 않는다. 이렇게 적막한 곳에서는 여러 날 머물면서 마음을 가다듬거나 조용히 깊은 사색에 빠져들기 좋다.

호수 가에서 조용히 수면을 바라보고 있노라면, 때때로 호수는 무시무시하고 거대한 자연의 눈이 되어 나를 지켜보는 것 같다. 바위로 된 이마에 둘러싸인 새까만 눈, 짙은 전나무로 된 눈썹에 둘러싸인 듯한 호수의 검은 눈. 호수는 얼어붙은 눈물처럼 꼼짝도 하지 않는다. (《보헤미아의 숲》p.14)

작가는 그런 호수를 검은 눈동자처럼 섬뜩하다 했다. 호수의 물빛이 검다는 거였을까? 워낙 토양의 빛깔이 검은 색이라 토양의 구성물이 물에 녹아들어 물빛이 검게 보일 수 있겠지만 이 작가는 그렇게 있는 대로 내놓는 건 소설에서 다룰 스타일이 아니었다. 워낙 호수가 깊어서 끝이 보이지 않는다는 걸 이야기한 것이었을지도 모르겠다. 혹은 높은 곳에서 내려다본 그대로의 느낌대로 온통 검게 보이는 걸 이야기한 것인지도.

클라리사가 그랬던 것처럼 전망대에서 멀리 숲평선 끝 능선 쪽을 뚫어지게 관찰했다. 어느 언저리에 비팅하우젠이 있을까, 숲평선 너머 어디쯤에 자리하고 있을 것 같은 성은 직접 보이지 않는다. 작가의 상상이 더해진 부분이었다. 혹시나 하며 약간 기대도 했다. 그래서 그만큼 진한 아쉬움이 남는다. 하지만 따지고 보면, 여기서 그 성이 만약 보이기라도 한다면 어쩔 건가. 너무 일차원적이지 않는가? 작가적 상상도 독자의 나름대로의 환상도 일순간 딱 하나의 정해진 정답에 수렴되어 조금의 여지도 없이 딱 해답이 나버리는 건 아닐까.

호숫가로 내려오다

절벽 위 전망대에서 급히 내달려 30분 정도, 호수에 내려앉았다. 호수에는 생각보다 방문객들이 많았다. 산 위에서 함께 내려온 사람은 그리 많지 않았으니 저들은 대부분 체코 내륙으로부터 온 걸 거다. 저 아래 동네에 사는 사람들이거나, 이 인근에 살면서 한나절 정도 걸려 차를 타고 나와 놀러 나온 사람들인 모양이다.

　　동화에 나올 듯한 이 환상적인 호수에 올라올 때면, 참을 수 없는 깊은 고독감이 나를 엄습한다. 험준한 절벽 사이의 호수는 주름 하나 없는 팽팽한 천을 깔아놓은 듯 고요하다. 주변에 빽빽이 들어선 숲에는 고대 신전의 기둥처럼 우뚝 솟은 가문비나무들이 장엄하게 들어차 있다. 각양각색의 거대한 암벽들이 둔중한 잿빛 성벽처럼 수직으로 솟아올라 숲과 마주하고 있다. 갈라진 바위틈의 부드러운 이끼는 푸른 선으로 이어지고, 저 높은 바위 위에 듬성듬성 자라난 소나무들은 로즈메리처럼 작아 보인다. 비좁은 땅에 자리를 잡지 못한 나무들은 호수 안쪽에 쓰러져 있다. 호수 위에서 내려다보면 맞은편 무시무시하게 흩어져 있는 암벽 밑에 뿌리를 내리지 못해 이렇게 퇴색된 나무들이 죽 널브러져 있는 것이 눈에 띈다. 말라서 허옇게 누워 있는 나무 사이로 쓸쓸히 빛나는 검은 호수 오른편에는 블록켄슈타인이라고 불리는 화강암 산이 힘차게 우뚝 솟아 있다. 그 왼쪽으로는 높은 전나무 숲이 완만한 지붕을 이루고 있고, 땅은 푸른 융단처럼 부드러운 이끼로 덮여 있다. (《보헤미아의 숲》p.13)

절벽에 붙은 침엽수들이 로즈마리 같다는 과장법이 먹혀들 만한 암벽이 거대한 호수 위로 불끈 솟아 있다. 고대 신전의 기둥처럼 솟은 가문비나무, 암벽, 이끼, 로즈마리 같은 소나무들, 주름 하나 없는 팽팽한 천. 이 부분을 읽으며 떠올렸던 장면은 엄청난 원시의 자연이었다. 무리해서 뛰어내려 왔지만 기대하고 상상하던 것에 비하자면 평범할 뿐이다. 정작 호수는 기대한 만큼의 뭔가를 주지 못했다. 새벽, 주위에 아무도 없을 시간에 아직 음습함이 가시지 않은 즈음이라면 모르겠지만, 호반의 원시림을 떠올릴 만큼 몰입하게 해주기에는 주변이 너무 밝고 환하기 때문인지도 모르겠다. 소설의 분위기를 내기에는 훤한 대낮이고 독자로서 떠올려본 그런 상상의 공간이 온 몸을 감싸줄지 적막한 느낌을 갖기에는 호수에 머무는 사람들이 많았다. 차라리 저 절벽 위에서 만난 걸로 해둘걸, 상상 속에 넣어놓고 그냥 돌아갈걸.

해는 중천을 지나 서쪽으로 넘어가고 있다. 되돌아갈 일이 까마득하지만 그래도 되짚어 돌아오는 길에 기념비가 서 있는 전망대 앞에서 멀리 숲평선을 마주했다. 그리고 소설 속, 망원경에 비쳐든 모습, 한바탕 스웨덴군과의 전투가 휩쓸고 간 뒤 이상한 몰골로 비쳐오던 비팅하우젠의 장면을 떠올려본다.

무너진 성에 둘러싸인 사각의 탑이 푸른 초원 위에 말없이 우뚝 서 있는데, 탑의 지붕은 사라진 지 오래고 성벽에는 성문조차 없었다. 아직 군데군데 백색 회칠 자국과 시멘트 모르타르가 덮여 있어 풍화된 잿빛 돌이 그대로 드러나지는 않지만, 깨끗하게 회칠되어 있던 탑은 불탄 자국으로 보기 흉하게 얼룩져 있었다. 검게 그을린 흔적은 창문 밖으로 새어 나와 혜성의 꼬리처럼 위로 올라가 있었고, 외벽도 심하게 손상을 입었다. 불타버린 주변의 잔디는 발로 다진 콜타르 바닥 같았다. 그 위로 바퀴 자국이 깊은 고랑처럼 패어 있었다.

전망대에 서면 발 아래로 까마득히 플뢰켄슈타인 호수가 내려다보인다.

플뢰켄슈타인 호수. 산 정상에서 내려오다가 처음으로 대면할 수 있는 수림 사이로 보이는 호수

여기저기 검게 탄 나무들이 눈에 띄고, 부서진 각종 무기들과 파편 조각들이 널려 있었다. 장엄한 정적이 감도는 가운데 따스한 11월의 햇살이 비치는 맑은 하늘은 화마가 휩쓸고 간 죽음의 성을 내려다보고 있었다. 어디에서도 적의 흔적은 찾아볼 수 없었다. (《보헤미아의 숲》p.123)

남작의 두 딸과 일행도 모든 게 사라져버린 비팅하우젠으로 돌아갔다. 그들이 돌아가고 난 뒤 호숫가 산장에는 아무도 없었다. 그레고르는 숲속의 집을 태워버리고 그 자리에 씨를 뿌렸다. 단풍나무, 떡갈나무, 소나무 이들은 무럭무럭 자라 이내 무성한 숲을 이루었다. 사냥꾼 그레고르도 떠났다. 그리고 소설의 화자는 이렇게 읊조렸다. 다시 옛날처럼 울창한 원시림으로 돌아간 숲은 지금도 그 모습 그대로다. 요즘도 간혹 그림자처럼 숲 속을 지나다니는 노인의 모습을 볼 수 있다고는 하는데 노인이 언제 나타나서 언제 사라지는지 아는 사람은 아무도 없다.

비팅하우젠 성

플뢰켄슈타인 정상 일대의 보헤미아 숲 전경

산 정상 가까운 곳에 형성된 천연의 산정호수, 플뢰켄슈타인 호수

구글발트

아피슬

하인리히 남작의 성 비팅하우젠(Wittinghausen, 체코 Vitkuv Kamen)으로 가자면 오스트리아에서 체코 국경을 넘어 숲속 깊숙한 곳을 한없이 걸어서 왕복해야 했다. 이른 아침부터 서둘러 국경을 넘어설 수 있다면 제 날에 다녀올 수 있을 것 같다. 오스트리아 국경초소 부근의 마을 아피슬 어느 농가에 민박을 정해놓고 린츠에서 버스를 타고 한나절을 달려왔다. 버스는 우리를 마지막 손님으로 내려두고 다음 동네로 휑 떠

오스트리아 국경마을 아피슬. 비팅하우젠을 찾아가기 위해 하루를 묵었던 국경 부근의 농가

137

났다. 거기서 하루를 묵고 내일 아침 다시 돌아나올 것 같은데, 어쩌면 내일 아침 첫차, 저걸 타고 국경초소까지 가서 체코 땅으로 들어서면 되겠지.

길게 그림자를 드리우며 시간은 하루를 마감하는 마지막 행보를 내딛고 있다. 국경지방이란 한 국가의 끝머리이고 그 나라의 공간으로서는 더 이상 갈 수 없는 곳이라, 거기서는 자연도 마을도 길도 그냥 걸음을 멈춘다. 여러 국경지대를 다녀보았지만 아피슬에는 그냥 편안하고 평화롭게 목초지만 넓게 펼쳐 있을 뿐 별달리 국경의 긴장감 같은 건 보이지 않는다. 낭만적, 시적, 여유로움, 한적함, 그런 어휘들만 떠오른다.

자동차 소음도 귀해 여기서는 그조차 호사일 것 같다.

우리 식으로 셈하여 시간상으로는 거의 해가 지는 시간이지만 여기의 여름은 해지는 시간이 우리보다 한참 늦다. 위도로 따져 우리보다 훨씬 북쪽이라 그런가, 하긴 알프스를 넘어서도 한참을 더 내려가는 로마도 서울을 기준으로 보자면 한참 북쪽에 해당되니 그에 비하면 여기는 거의 시베리아 내지 몽골의 초원 정도는 되겠다.

어두워지려면 아직 한참 시간이 남았다. 여행 중의 어느 도시 한 구석 공원 벤치에서 피곤한 다리를 잠시 쉬고 있는 중이었다면 남은 이 시간 동안 또 뭘 해야 할까, 어디를 좀 더 가봐야 할까, 분명 그런 여러 생각들을 하고 있었을 거지만, 세상의 끝 국경마을 아피슬에서는 그 어떤 것도 인정해주지 않는다. 더 할 수 있을 게 전혀 없다. 냉전시대의 팽팽한 긴장 상태를 느슨하게 만들어놓은 완충지대 한가운데, 천상천하 살아 움직이는 생명체라고는 없는 하늘 아래 온통 우리밖에 없는 호사스러움이 온몸을 감싸든다.

민박집

산촌(散村)이란, 무더기처럼 차곡차곡 쌓여 있는 모습의 괴촌(塊村)과는 달리, 한데 몰려 있지 않고 흩어져 있는 마을이다. 그저 한 집이 있고 그 집의 모습이 거의 기억에서 사라질 만큼이나 한참을 지나서 또 한 집이 나타나는 식의 집 하나하나를 하나의 행정단위로 묶어놓은 것이다 보니 마을이라 부르는 말 자체가 무색해진다. 아피슬의 버스정류장 앞에는 의용소방서가 있어서 거기가 동네 중심부를 이룬 듯 보이기는 하지만, 그게 전부다. 그 외에 달리 동네란 걸 보여줄 만한 건 없는 전형적인 산촌이다. 프라우엔베르크에서 이미 한 차례 맞닥뜨린 경험이 있어 생소하거나 긴장되지는 않는다. 민박집을 찾는데도 당황스럽지 않다. 좀 전, 버스에서 내리기 얼마 전 차창 밖으로 스쳐 지나간 몇 채의 농가건물이 참 인상적이고 평화로웠다. 거기까지 걸어서 얼마나 될지는 모르나 가장 가까운 민가이니 일단 거기로 가볼밖에.

짐은 린츠 역 구내 보관함에 넣어두었고 카메라와 노트북 장비 그리고 최소한의 숙박도구만 챙겨왔기에 어지간한 거리여도 별문제는 없다. 몸도 가볍다. 거기로 방향을 잡고는 한가로운 발걸음을 뗐다.

완전 평지거나 과하게 주름진 깊은 산골 계곡보다는 완만한 구릉, 살짝 골이 진 대지의 능선이 여럿 겹쳐 보이는 게 훨씬 포근하다. 약간 어스름이 지면서 주름진 사면에 그늘이 지고 맞은편 사면이 햇살을 받아 밝게 빛나기라도 하면 말할 수 없는 감동, 광활함에 대한 극적인 감정이 밀려온다. 듬성듬성 양떼가 몰려 있거나 방목하는 소떼가 점점이 흩어져 있기라도 하면 제대로 목가적인 그림이 된다. 18세기 영국에서 기원하여 유럽의 풍경을 만드는 데 크게 역할을 했던 풍경식 정원이 꼭 그랬다. 주름진 구릉 여기저기에 소떼 양떼를 방목한 초원을 펼쳐놓고, 초원 끝 숲과 언덕 위에 풍차나 정자 같은 걸 올려놓아 저택 테라스에서 바라보는 광경의 초점이 이루어지도록 하는 방식으로 목가적인 전원의 풍경화 같은 경관을 만들었다. 원경의 시각적 초점을 이루기 위해 언덕 위에 일부러 얹어놓은 풍차나 정자 같은 풍경식 정원의 조원기법에서 비롯된 광경이 없을 뿐, 민박집을 찾아가는 길목의 차도에서 멀리 앞으로 펼쳐지는 아피슬의 경관은 그 어떤 유명한 풍경식 정원보다 더 격조가 있다. 여기까지 오는 동안 편치는 않았지만 이런 광경을 마주하는 순간들은 그대로 감동이다.

찾아간 농가에는 주거용으로 쓰는 듯 보이는 건물 한 동과 그 뒤로 커다란 축사처럼 보이는 작업동이 보이고 그 옆으로 자그마한 별채가 또 한 동 서 있다. 겉으로 볼 때는 몇 채의 집이 모여 작은 취락을 이룬 듯했지만 모두가 한 집이다. 넓은 집 안에 사람이라곤 보이지 않는다. 여기 저기 기웃거리고 있는데, 막 일을 하다가 나온 건지 축사에서 씩씩한 모습의 건장한 중년여인이 성큼성큼 걸어 나와 작업복에 슥슥 손을 닦고는 악수를 청한다. 민박집인지 아닌지 따로 물어볼 것도 없다. 작업복 차림 그대로 별채에 마련되어 있는 방을 안내해주었다. 아침 식사 시간, 식당 위치와 그 외 소소한 몇 가지를 일러주고 공식적인 업무가 완료된 걸 확인하고는 곧장 축사로, 일상의 업무로 돌아갔다. 극히 사무적이지만 그렇다고 딱딱하고 차갑고 그런 건 아니다. 오히려 적당히 편하고, 서로 주인과 손님 혹은 고객의 입장을 유지하는

아피슬. 눈 가는 곳 안의 사방은 온통 숲과 완만한 구릉지의 목초지 천지다.

아피슬 일대의 경관은 18세기 이래로 영국을 중심으로 있었던 자연풍경식 정원 같다. 정원과 농촌의 자연 경관은 종이 한 장 차이라는 사실을 새삼 확인할 수 있었다.

평형을 이룬 이런 방식의 응접이 인상적이고 새롭다.

짐을 대충 풀어놓고 집 주위를 슥 둘러보는데, 사방 눈 가는 데는 끝없는 들판이고 구릉의 능선이며 능선 허리를 길게 감싸고 있는 숲밖에 보이지 않는다. 어차피 이 동네에는 이 댁밖에 없다보니 굳이 울타리를 쳐놓을 필요도 없었을 것이다. 인적도 없고, 달리 뭔가 둘러보거나 찾아봐야 할 명소 같은 것도 없는 절대 적막이 온 몸을 감싸온다.

어릴 적 방학 때마다 놀러 갔던 외가댁, 외가에서는 사과 과수원을 했는데 규모가 작지 않았다. 과수원은 집에 바로 이어져 있어 과수원에 집이 들어가 있다는 게 더 어울렸다. 모두가 과수원에 일하러 들어가고 나면 집에는 주변 눈 가는 범위 안에 나 외에는 아무것도 없었다. 홀로 남겨져 온갖 자유로움과 자연스러움을 흠뻑 들이켰던 초등학교, 중학교 시절 방학 때의 일들이 온몸에 느껴져 온다. 분명 아피슬에서 만끽하는 지금 같은 이런 느낌이었을 것 같다.

마을회관

어떻게든 저녁식사는 해결해야 할 텐데, 식당은 물론이고 슈퍼 같은 게 있을 것 같지 않다. 주인에게 일단 물어는 봐야 할 것 같아 축사로 주인을 찾아가는데 마침 축사 일을 정리하고 나오는 참이었다.

혹 이 마을에 식당 같은 게 있을까요?

기다렸다는 듯이, 버스 내린 곳에서 진행하는 방향으로 한참을 가면 오른쪽에 뭔가가 있다 그런다. 이런 시골 산골에 레스토랑이 있다는 데 오히려 신기해하며 일단 그리로 가보기로 했다. 일러준 대로 소방서를 지나 한참을 가자니 오른쪽으로 넓은 대지에 세워진 작은 테마파크 같은 곳이 보인다. 이런 국경 산골에 무슨 대단한 사업을 벌였나 싶기도 하고, 외견상 약간 유치한 모양새에 러브호텔 같은 느낌도 살짝 풍겨 썩 내키지는 않지만 다른 선택의 여지도 없다.

레스토랑은 휴양시설과 숙박시설 등 여러 기능을 겸한 복합 리조트처럼 만든 것 같고 지하에 향토박물관도 마련해놓은 걸로 봐서는 마을 공동회관 같은 것인가 싶기도 하다. 옛 거리도 재현해놓았는데 전시해놓은 취향으로 보자면 약간 핑크빛 톤이다. 꽤 넓게 정원도 꾸며져 있고 산책도 할 수 있게 그늘 집에 작은 분수도 만들어놓았다. 솜씨를 보자 하니 조경설계 시간에 우리 저학년 학생들이 내놓은 수준으로 귀엽고 앙증스럽다. 약간 덜 세련되었지만 그래도 온 열정을 쏟아부은 듯한, 그래서 내 눈에는 몹시 익숙해 있는 정원설계 과제물. 아무려나 유럽에서 익히 볼 수 있는 분위기는 아니다. 정체가 도무지 읽히지 않는다.

식당 안으로 들어서니 예상 밖으로 규모가 크다. 어디서 쏟아져 나왔나 싶도록 많은 손님들로 북적댄다. 홀에 들어서자 곧 누가 와서 빈자리로 안내해주었다. 남은 자리가 얼마 없어 선택의 여지도 없었지만, 다소 구석진 곳의 테이블로 안내를 받았다. 음료수를 주문받고는 곧 자리를 떴다. 메뉴판의 식사를 고르는 동안 자리를 비켜주는 게 맞지? 구석지지만 한적하고 아늑하다. 음식 메뉴야 모두 그게 그것 같지만 그래도 오스트리아는 예술적으로도 높은 수준이니 독일보다는 음식도 좀 세련되어 주려나 쓸데없는 기대도 해본다. 적당히 메뉴를 고르고 주문을 하려는데 누군가가 주문받으러 왔다. 아까 안내해준 사람이 아니다. 얼핏 보니 민박집 주인과 참 닮았다.

어, 민박집 주인인가?
그건 말이 안 되잖아. 내가 잘못 봤나?

우리도 그렇고 그 사람도 그렇고 잠시 묘한 표정으로 서로를 바라보는 듯 마는 듯하다가 그러고 있는데 그쪽에서 먼저 아는 척을 한다. 그렇다면 저이는 민박 주인이다. 이게 어떻게 된 일이지?

자초지종 이야기해 주는데, 레스토랑은 마을의 각 집에서 돌아가며 어떤 한 역할을 맡은 자원봉사로 운영된다는 것이다. 일주일에 몇 차례 자기가 봉사할 수 있는 시간을 정하여 일정 시간 봉사하는 개념이다. 말하자면 이 레스토랑은 자원봉사로 운영되는 마을공동체 시설이었다. 식사는 나쁘지 않았다. 나오는 길에 현관에 걸려 있는 각 자원봉사자들의 사진과 이름 그리고 일주일간의 담당 시간이 들어 있는 업무일람표에서 그날 저녁시간 홀 서비스를 담당하기로 되어 있는 민박집 주인아주머니의 사진을 확인할 수 있었다.

구글발트

목적지 비팅하우젠 성을 가려면 국경을 넘어서야 한다. 유럽을 여행하다 보면 여러 차례 국경을 넘나들지만 우리의 여행에서 국경을 넘는 건 서유럽에서 동유럽으로 넘어가는 걸 말한다. 걸어서 국경을 넘다보면 국경을 사이에 두고 일정한 거리로 마주한 두 나라의 국경초소가 나온다. 여행자는 두 나라의 초소를 각각 거치는데, 서구권 나라의 초소를 무사히 통과해 지나면 곧이어 동구권 국가의 초소가 나오고 거기서 우리나라 사람들은 다소 불편한 검열을 받아야 한다. 유럽 여행을 하다가 기차를 타고 한 나라에서 다른 나라로 넘어갈 때, 잠시 긴 정차시간

체코 국경을 넘어서 숲속 길을 몇 시간을 걷는 동안 처음으로 만난 이정표, 제대로 방향을 잡고 있다는 사실을 확인한 기쁨, 불행히도 아직 가야 할 목적지는 근 5km나 남았다는 사실이고, 그동안 유일하게 만난 사람은 자전거를 타고 하이킹을 하는 한 가족뿐이었다.

이 흐르고 곧이어 바뀐 역무원들이 여권이나 차표 검사를 한 번 더 하며 안내방송 언어가 달라진다거나 하는 그런 통관과는 전혀 다르다. 동구권 국가로 넘어갈 때는 공연히 사람을 긴장하게 만든다. 대하는 태도부터 다르다. 서구권에서는 그냥 검사하는 시늉만 하는 것으로 끝나지만 동구권이라면 예외 없이 시간을 끈다. 여권을 들고 사무실 안에 들어가서 뭔가 조회하는 척하면서 왔다 갔다 하다가 간혹 넘겨다보며 훑어가는 시늉도 잊지 않는다. 여러 차례 겪다보면 그게 모두 쇼 같다는 생각도 들지만 그래도 만에 하나 시비 걸리면 나만 손해일 뿐이니 여전히 긴장된다.

한창 동서가 팽팽히 맞서 있던 냉전시대에는 애초부터 국경을 넘어설 수 없었다. 국경을 지나며 받은 불편함과 스트레스의 나쁜 기억은 동서냉전이 풀리고 동서의 교류가 가능해지고부터였다. 앞으로 좀 더 많은 시간이 지나고 나면 이 쓸모없는 기싸움이며 신경전 같은 것조차 없어질지 모르지만 아무튼 동구권 쪽으로 국경을 넘어서자면, 그간 겪은 여러 아픈 기억으로 국경을 지나는 절차를 만나기만 하면 맘이 편치 않다. 입국허락이 떨어지기를 기다리는 그 시간이 정말 싫다.

아피슬에서 체코를 넘어가는데도 당연히 초소를 지나야 했다. 오스트리아 초소는 있기나 했는지 기억조차 나지 않게 휙 지나왔다. 체코 국경경찰은 어깨에 엄청 힘이 들어가 있다. 왜 그리 오버하는지 이해할 만하다. 여기는 거의 통과할 사람이 없는 곳이다. 차를 가지고 오는 사람이라면 굳이 여기가 아니라 동쪽으로 조금 떨어진 곳으로 갔을 것이다. 거기서 체코 내륙으로 곧장 나아가는 대로가 통하고 있기 때문이다. 구글발트, 구글숲이란 이름의 이곳은 오스트리아와 체코의 국

무인지경의 숲과 들을 한없이 걷다가 불현듯 든 생각은 여기가 동서냉전 시대의 삼엄한 국경 완충지대였다는 사실이다. 얼마 전까지만 해도 여기는 민간인이 다닐 수 없었던 군사지역이었겠고, 그러고 보면 바로 눈앞에 보이는 저 초지 땅 밑에는 지뢰가 묻혀 있을지도 모를 일이다.

경지대의 삼림지대다. 짙은 삼림만 펼쳐지는 국경지대를 동양인이, 그것도 차를 타고 온 것도 아니고 걸어서 왔으니 여간 골치 아픈 게 아니겠지. 뭐 비팅하우젠을 간다고? 거기가 어딘 데 거길 걸어서? 제때 돌아나 올려나? 뭐 그 친구 입장으로는 도무지 이해되지 않는 의문투성이이겠지. 전혀 그런 이유가 아니더라도 하루 종일 아무도 지나가지 않을 이 길에 아침부터 소일거리 먹잇감이 나타났으니 얼마나 힘을 주고 싶겠나.

아무튼 그 친구 입장에서야 그랬겠지만 난 정말 그게 싫다. 그래도 한편 생각하면 이렇게 공산권 국가를 넘나들 수 있다는 것만으로도 다행이 아닌가. 그러니 그냥 모든 걸 참고 인내하는 거다. 전혀 아무렇지 않은 듯 뒤와 옆의 경관을 둘러보는 여유로운 모습을 보이기도 하며 잠시 팽팽한 시간을 보내고, 어쨌든 스탬프 꾹 눌러 찍은 여권을 받아든다.

　구글발트 체코 땅에 발을 들여놓고 근 두 시간을 걸어왔는데 동네는커녕 외딴 민가조차도 보이지 않는다. 지나다니는 사람을 한 번도 만나지 못했다. 제대로 이정표나 안내 표지판도 없다. 과연 내가 제대로 방향을 잡고 가는지 확인하지도 못하고 불안하게 그냥 앞으로만 나아간다. 아무리 오지라지만 그래도 이건 너무한 것 아닌가? 구글발트에 들어서서 한참을 그러고 있던 끝에야 얼핏 드는 생각이, 여기는 체코 쪽 DMZ 완충지대잖아! 이제야 그걸 깨달았다. 구글발트야말로 국경 완충지대, 그것도 동서냉전시대의 끔찍했던 곳이었는데, 동서관계가 해빙되기 전, 아직 냉전시대였다면 삼엄하게 긴장된 완충 공간으로 민간 출입금지된 땅이었겠구나. 공연히 드는 생각만도 아닌 게 숲속이나 들판 어딘가에는 아직도 발견되지 않은 지뢰가 숨어 있을 수도 있겠다. 민가 하나 없다는 게 이제야 현실감으로 다가온다. 군사도로였겠지만 잘 닦인 도로도 있고 숲도 있긴 한데, 도로에 접한 좌우 풀만 무성할 뿐 그늘을 줄 만한 숲도 나무도 없다. 이 현실을 미리 알았더라면 애초에 여길 들어올 생각을 하지 않았을지도 모르겠다.

성토마스

어제 오후 늦게 구글발트의 작은 동네 아피슬에 도착하여 민박 농가에서 하루를 묵었다. 이른 아침을 먹고 민박 주인이 자청해서 국경초소까지 차를 태워줘 기분 좋게 왔다. 그런 호의가 아니었더라면 어제 들어갔다가 일찍 되돌아 나오는 버스를 기다렸다가 그걸 타고 초소에서 한참 떨어진 인근 정류장에 내려 다시 걷고, … 아침부터 땀 꽤나 흘렸겠지만, 무사히 국경초소를 지나 진종일 숲과 들판을 누비며 걸어왔다.

　　그렇게 반나절은 된 것 같다. 그동안 자전거 여행하며 우리를 지나쳐 앞서 나간 한 가족 외에는 아무도 못 만났다. 개 소리도 닭 소리도 들리지 않는 절대 고요와 마주하고 있다. 그러고도 또 얼마나 더 지

성토마스. 비팅하우젠 직전의 이 동네에는 오래된 교회가 있는데, 교회 이름을 따서 이 동네 이름이 성토마스(St. Thomas; Svaty Tomas)가 되었다. 장거리 자전거 여행을 하는 많은 인파를 만날 수 있었다.

났을까, 멀리서 희미하게 닭 소리가 들린다. 닭 소리가 나는 걸 보니 이 근처 어디에 사람 사는 동네가 있긴 있는 모양이다. 지도에 작은 점 몇 개로 나와 있는 어느 동네 언저리로 오긴 왔구나 싶다. 우리가 가고 있는 길이 방향은 제대로 되고 있었다는 거다. 그제야 안도하고 잠시 숨을 고르며 나무 그늘에 앉아본다.

뙤약볕에 노출되어 쉴 만한 곳 하나 없이 꼬불꼬불 단조롭게 퍼져나간 길을 따라 1시간가량 왔을 무렵, 제대로 된 동네에 들어섰다. 비팅하우젠 성을 코앞에 둔 성토마스다. 〈보헤미아의 숲〉의 동네, 성토마스(St. Thomas, 체코, 스바시 토마스 Svaty Tomas)다. 이름으로 봐서는 영어식인데 슈티프터의 소설에서도 그 이름이 나오는 걸 봐서는 원래부터 그런 이름인 모양이다. 거기서 조금 더 올라간 언덕 정상에 폐허가 된 성 비팅하우젠이 있다 했고, 성토마스 마을 사람들 사이에서는 비팅하우젠 성이 "마가 낀 성"이라 그랬다던가?

몰다우 강을 한눈에 내려다볼 수 있는 바로 이곳에 무너져 내린 성의 폐허가 있다. 계곡에서 올려다본 옛 성은, 마치 광활한 숲 언저리에 높이 올려놓은 푸른 주사위 모양이다. 프리드베르크에는 집집마다 창문이 폐허가 있는 남서쪽을 향하고 있다. 사람들은 그 폐허를 토마스 언덕이라고 하며, 토마스 탑, 또는 성토마스라 부르기도 한다. 아주 오래된 성이다. 한때 그곳에 포악한 기사들이 살았다고 한다. 그 후 마법에 걸린 성은 오랜 풍상에도 불구하고 천년의 세월 동안 무너지지 않고 전해 내려온다. (《보헤미아의 숲》 p.15)

토마스 교회 부근의 이 동네 유일의 간이매점

그냥 평범한 작은 시골 마을로 보이는데, 어디서 그렇게들 모여
들었는지 성토마스 교회 근처 간이매점 앞에는 아이스 바, 청량음료,
초콜릿 같은 걸 사려는 사람들로 장사진을 이루었고 나무 그늘 아래에
는 뜨거운 여름 한낮의 열기를 피하는 사람들로 북적인다.

여름, 좋은 날씨에 휴가철이 되면 유럽 사람들은 남녀노소를 막론
하고 자전거를 끌고 나와 수백 킬로미터씩 장거리 자전거 하이킹을 한
다. 때로는 자전거를 싣고 기차로 움직이고 또 어떤 구간에서는 자전
거로 수십 킬로미터를 달린다. 물론 기차는 다음 역까지 그들의 짐을
날라다준다. 나라의 경계를 넘어서면서 열흘이고 보름이고 그렇게 내
달린다. 성토마스에 모인 인파에 자전거 없이 온 사람은 아무도 없다.

비팅하우젠으로부터 성토마스로 돌아나오는 길, 키 큰 나무 너머로 불쑥 솟아올라 보이는 교회 첨탑은
이 교회를 훨씬 돋보이게 해준다.

좀 멀리서 온 사람이라면 어쩌면 서유럽 쪽에서 시작하여 이리로 내달려온 사람도 있을지 모르겠다. 이 사람들 기준으로 봐서 여기는 걸어서 하이킹 하러 오는 곳이 아닌 모양이다.

비팅하우젠 성

비팅하우젠의 성주 하인리히 남작은 구교의 황제군 소속이었다. 신교군의 강력한 스웨덴군이 비팅하우젠 부근까지 남하해 있으면서 긴장된 전선을 이루고 있었다. 실제 역사기록에 의하면, 비팅하우젠은 황제 직할영지로, 30년전쟁 막바지였던 1648년 9월 20일 크루마우가 신교 세력의 스웨덴에 점령되었을 때만 해도 성은 온전히 남아 있었다고

비팅하우젠 성. 마침 개보수 공사 중이었다.

한다. 성이 폐허가 된 것은 30년전쟁 이후의 일이었던 모양이지만 황제의 명으로 폐기된 것이었는지 아니면 세월이 흘러 자연히 그렇게 되었는지는 잘 알려지지 않고 있다.

중세 유럽에는 봉건제도 하에서 영주와 기사의 상호 계약관계로 주군과 종사 입장이 유지되고 있었다. 화약과 대포가 등장하면서 무기와 전술전략상의 변화는 기사계급의 쇠퇴를 불러왔고, 불편한 산성으로부터 평지의 드넓은 곳에 궁원과 궁을 만들어 산 아래로 내려가는 커다란 변화가 생겼다. 사회제도상으로 크게 변화되어 가는 과정을 겪으며 산성은 감옥으로 사용되거나 폐허가 되었다. 독일 땅에서는 17세기 중반에 있었던 30년전쟁으로 그나마 남은 성채들은 그들의 운명을 끝내어 갔다.

30년전쟁은 대략 신교와 구교 사이의 갈등이라는 외형적인 배경에 세력권의 확장과 확보라는 국가 간의 이해관계가 복잡하게 얽혀 있던 사건이었다. 종교개혁 이후 로만가톨릭에 비판적이었던 개혁파는 신교로 분리되어 로만가톨릭의 구교와 서로 대립관계를 이루었다. 개개인의 성향으로 신교나 구교의 입장을 취하는 게 아니라 국왕의 입장에 따라 신교 혹은 구교 국가로 분리되었다. 독일은 통일된 국가가 아니라 신성로마제국의 연합 국가에 속한 무수히 많은 크고 작은 영주국들로 분할되어 있었고, 영주의 성향에 따라 신교나 구교를 따르게 되다보니 여러 영주국별로 각기 구교와 신교 지역을 이루고 있었다. 대체로 남부는 황제 휘하의 로만가톨릭 지역이었고 북부의 여러 영주국들은 신교를 신봉했다. 지금도 독일의 신교와 구교 지역의 분포는 예전과 비슷하다.

30년전쟁은 외형상 두 군주 간의 다툼에서 비롯되어 유럽 전 국가들이 서로 간의 이해관계에 따라 모여든 대대적인 전쟁으로 확대된 양상을 보였지만, 그 근본을 따지고 들어가면 신교와 구교의 갈등이 가시화되어 두 세력이 충돌한 전쟁이었다. 전쟁이 진행됨에 따라 종교적인 이슈에 국가적 이해관계가 맞물려 복잡한 양상을 보이면서 전 유럽 차원으로 번져갔고, 주로 전쟁터가 된 곳은 독일이었다.

30년간의 전쟁은 사람들을 피폐하게 했지만, 모든 전쟁이 그러하듯 이 전쟁 역시 반대급부로 새로운 사상과 사조를 낳게 되었다. 독일 땅은 전국이 황폐된 가운데 새로이 복구해가는 과정에서 다양한 바로크풍의 건축과 도시를 만들어 갔다. 구교는 종교개혁에 대한 자체의 반동 작용의 반동종교개혁으로 대내적인 혁신이 있었고 교회는 건축적으로 변신하였다. 신교의 영주들은 전후복구와 함께 군주로서 새로운 면모를 일신해 갔는데, 오늘날 유럽에서 만나는 전통과 역사경관들이 그 과정에서 비롯된 부분이 많다. 특히 독일이 그랬다.

성토마스와 능선 위에 올라앉은 비팅하우젠이 빤히 보이는 산 아래의 도시 프리트베르크는 슈티프터의 젊은 시절 첫사랑 연인이 살던 동네였다. 그래서도 슈티프터는 이 동네에 자주 왔을 거고, 그때마다 비팅하우젠을 바라보았거나 이곳 언덕에 올라왔을지도 모른다. 비팅하우젠을 30년전쟁의 한가운데, 성주 하인리히 남작과 스웨덴군 간의 전투가 벌어진 즈음의 무대로 삼았던 것은 프리트베르크에 관한 작가 자신의 그런 배경과 무관하지 않았을 것이다.

소설의 첫머리 작가는 화자가 되어 소설 속으로 들어갔다.

예전에 나는 이 성벽에 앉아서 좋아하는 책을 읽거나 가슴 설레는 청춘의 열정에 빠지곤 했다. 부서진 창문으로 푸른 하늘을 하염없이 바라보거나, 풀 위를 뛰어다니는 작은 동물들을 신기하게 바라보기도 했다. 아니면 이 모든 것 대신 한가하고 여유자적하게 성벽과 돌 위에 비치는 햇살을 말없이 즐겼다. 이곳에 살았던 사람들의 슬픈 운명은 잘 모르지만 내가 즐겨 찾던 곳이다. (《보헤미아의 숲》 p.15)

비팅하우젠의 폐허, 무너진 돌무더기에 앉아 화자는 200여 년 전 30년전쟁 중이었던 17세기 중반의 시대로 거슬러 올라간 이야기를 펼쳐놓았다.

성토마스에서 오랜 행군에 지친 몸을 쉬고 물 한 모금으로 갈증을 식힌 후 비팅하우젠을 찾아 나서는데 천근만근 발걸음이 무겁다. 비팅하우젠은 산으로 조금 더 올라간 곳에 있는데, 그 정도 거리라면 성과 동네가 서로 관계를 맺으며 있을 만큼의 그리 가깝지도 멀지도 않을 만큼의 거리다. 예전에 있었을 동네가 상당히 없어진 탓인지 아니면 오랜 시간 걸어온 탓에 심신이 지쳐 있어서 그랬는지 비팅하우젠과 성토마스는 꽤 떨어져 있다는 느낌이다.

비팅하우젠은 문자 그대로 폐허가 된 전형적인 중세의 성인데, 벽은 허물어졌고 성탑도 성한 게 없는 상태로 언덕 위 숲 한가운데 외로이 서 있다. 가는 날이 장날이라고 비팅하우젠은 보수공사 중이었다. 둘레로 공사 차단막이 설치되어 있어 들어갈 수 없다. 담 너머로 빼꼼이 들여다보는 걸로 만족해야 하지만, 어차피 나에게는 성 안이 중요한 게 아니니 그리 실망스러울 건 아니다. 다만 화자의 마음으로 무너

공사 중이라 출입이 통제되고 있었다.

성토마스에서 다시 한참을 오르막길을 따라 간 길 끝의 작은 작은 언덕 정상에 중세 산성 비팅하우젠이 폐허가 된 모습으로 자리하고 있다.

진 성벽 담벼락에 올라가 앉으면 무슨 생각에 어떤 느낌일지 궁금했었는데 그게 좀 아쉽다.

소설의 막바지, 팽팽하게 맞서 있던 하인리히 남작과 스웨덴군 두 진영 간에 난투가 벌어졌고, 성도 사람도 순식간에 무너졌다.

오랜 풍상을 겪은 이 이상한 성을 방문하는 사람은 이제 거의 없었다. 이따금 왕래를 하는 기사가 있었지만, 언제부턴가 그도 보이지 않게 되었다. 기사도 죽은 것이다. 얼마 전 까지만 해도 우리는 호호백발이 된 두 자매를 볼 수 있었다. 그것이 우리가 본 마지막 모습이었다. 목동이 두 자매가 살았던 방을 보여주었지만 그들의 무덤이 어디 있는지 아는 사람은 없었다. 무너진 토마스 교회 아니면 지금은 염소들이 풀을 뜯으며 오르내리는 성안의 회색 돌 아래 어디쯤일까? 그 후 성에는 아무도 살지 않았다. (〈보헤미아의 숲〉 p.133)

호수

호수와 주위를 빼곡히 둘러싼 준봉,
곧바로 수면으로 꽂히듯 내려앉은 암벽들이 만들어 낸 경관에
아침저녁으로 찾아오는 태양과 달과 별, 시시각각 달라지는 바람,
산에는 부드럽게 푸른빛이 감돌고 골짜기 사이로
하얀 백조처럼 살짝 가라앉은 암벽들이 눈에 띈다.

소설
〈외로운 노인〉
(1845)

    홀어머니 슬하에서 반듯하게 자란 청년 빅토르, 취직이 되어 첫
출근을 기다리고 있었다. 마침 백부로부터 한번 다녀가기를 원한다는
편지를 받았다. 백부는 산속 호수 한가운데 섬에서 혼자 살고 있었다.
섬에는 원래 수도사들의 암자가 있었는데, 수도원 기능이 없어진 후에
도 사람들은 그곳을 클라우제라 불렀다. 백부가 어떤 사람인지, 왜 그
런 곳에서 혼자 살고 있는지, 전혀 아는 바가 없었다.

    빅토르는 백부를 찾아갔다. 몇 날을 걸었다. 해가 저물면 풀섶에
누워 이슬을 맞으며 하루 밤을 보냈고 아침이 되면 다시 걸었다. 드디
어 호숫가 작은 동네에 닿았다.

    마을에는 집집마다 헛간 같은 것이 하나씩 딸려 있었다. 모두
호수 안쪽으로 쑥 나와 있고 지붕 밑에는 배들이 정박되어 있었다.
교회는 없었지만 한 오두막 위에 작은 탑이 솟아 있었다. 붉은 페인

보트 정박장. 소설 〈외로운 노인〉에서 나온 것처럼 "이 동네에서는 집집마다 헛간 같은 것이 딸려 있다." 보트를 정박시키는 곳인데, 거의 모든 집에는 이런 식의 정박장이 마련되어 있었다.

트를 칠한 네 개의 기둥이 종탑을 받치고 있고 기둥 사이에 종이 하나 걸려 있었다.

"여기가 클라우제(암자)라는 곳입니까?"

"그렇소. 저 섬에 암자가 있소." (〈외로운 노인〉 p.70-71)

호수 위를 미끄러지듯 나아가는 보트 위의 경험도 새로웠지만, 사방에 둘러 있는 산봉우리들이 빅토르의 시선을 사로잡았다. 배는 한참을 나아가다가 어느 한 지점에서 크게 휘어들면서 방향을 바꿨다. 멀리 작은 섬이 시야에 들어왔다.

크렘스뮌스터

호텔 슐라이어

〈외로운 노인〉은 호수 한가운데 있는 섬에서 세상과 담을 쌓고 혼자 사는 괴팍한 백부와 백부를 찾아간 조카 빅토르가 함께 한 여러 날 동안의 이야기다. 스토리나 소설의 구성도 매우 단순하다. 두 사람 사이에 오가는 대화도 거의 없고 빅토르 혼자서 보내는 섬 생활도 무료하다. 모든 게 단조롭지만, 소설에서 묘사되는 섬과 호수와 산의 모습에 눈길이 간다. 자연의 오묘함, 사계의 변화를 잔잔히 읽어내는 작가 특유의 필치에 광활한 호수와 호수를 둘러 있는 호반의 거대한 바위산과 호수 한가운데 섬의 적막함이 잘 그려져 있다.

〈외로운 노인〉은 워낙 스토리가 단순하고 무대 또한 호수 한가운데의 섬으로 극히 한정되어 있어 호수 일대를 한차례 둘러보는 걸로 충분할 것 같았다. 〈보헤미아의 숲〉처럼 열 시간이 넘는 산행이나, 뙤약볕 들판의 강행군 같은 일도 발생하지 않을 것 같다. 다소 푸근했고, 시간적으로도 넉넉할 걸로 생각되었다. 해서 소설의 무대 트라운슈타인으로 가는 도중, 트라운슈타인과 그리 멀지 않은 곳의 크렘스뮌스터를 들러보려는 거다.

크렘스뮌스터는 슈티프터가 고향을 떠나 김나지움에 유학했던 학창시절을 보낸 도시다. 그냥 앉은 자리에서 고개를 휘 돌려보기만 해도 도시의 중요한 일곽이 거의 한눈에 들어올 것 같다.

여기까지 찾아드느라 진이 다 빠졌다. 명색이 도시인데 크렘스뮌스터 도심은 역에서 한참 떨어져 있었다. 역 주변은 시골 같은 작은 동네 외에 아무것도 없고 택시를 잡아보려 해도 그조차 운행을 하지 않는지 운전사도 보이지 않고 그냥 덩그러니 뙤약볕에 서 있을 뿐이었다. 별 도리 없이 그냥 걷기로 하고 걸었던 게 거의 사람을 잡는 지경이었다. 근 30분은 족히 걸었을

호텔 슐라이어 크렘스뮌스터는 슈티프터가 김나지움을 다녔던 곳이다. 호텔 슐라이어는 크렘스뮌스터 시내의 유일한 호텔인데, 우리가 묵고 있던 동안 태극기가 내걸려 있었다.

거리인데, 역에서부터 시내 사이에는 온통 들판만 펼쳐 있었다. 그게 어떻게 해서 크렘스뮌스터 역이 될 수 있으며 또 이 도시는 어떻게 그 역에 의존하고 있는지 도무지 이해가 가지 않는다. 여기 찾아드는 동안 고생을 해서 그런 게 아니라 역은 정말 이해가 가지 않을 만큼 전혀 시내와 동떨어졌다. 다음에 찾아온다면 기차를 이용하지 않으리.

오후 두 시가 되어간다. 차라도 한 잔 하며 잠시 쉬고 싶은데 문을 연 곳이 하나도 없다. 이탈리아 사람들처럼 피에스타가 있는 건지, 음식점이건 옷가게건 식료품점이건 어떤 업종의 가게든 관계없이 온통 문을 닫은 모양이다. 다행히 막 문을 열려는 키오스크가 하나 있어서 거기서 음료수 한 잔을 주문하고 간이 파라솔에 잠시 앉아 숨을 돌려본다.

그래도 이렇게 차 한 잔에 잠시 쉬며 한숨을 돌리고 보니 살 만하다. 서서히 시에스타 단잠을 끝낸 상점들이 문을 열기 시작하고 조용하던 도로에도 승용차들이 지나다니며 분주해지기 시작한다. 우리도 호텔을 찾아나서 보는데 시내 가까운 데에는 호텔이 딱 하나밖에 없는 모양이다. 우리의 여행 방식으로 봐서는 호텔비가 상당히 세다고 생각되었지만 별수 없이 숙소로 정했다. 크렘스뮌스터의 유일한 호텔, 작고 아담하면서도 깔끔한 게 가격 값은 충분히 하는 것 같다. 창밖으로 작은 테라스가 내려다보이고 테라스에는 야외 탁자가 몇 개 가지런히 정돈되어 있다. 저기 앉아 커피 한 잔 놓고 노트북이라도 펴놓으면 글이 절로 나올 것 같지 않나?

크렘스뮌스터는 슈티프터가 김나지움 학창시절을 보낸 제2의 고향 같은 곳이지만 작가와는 무관하게 저대로 조용하다. 우리도 여기서는 작가가 김나지움 다닌 동네에서 잠시 쉬어가는 겸 들러볼 작정이었을 뿐 별달리 목표로 삼은 건 없었다.

크렘스뮌스터는 수도원을 중심으로 하여 형성된 전형적인 수도원 도시다. 수도원 도시라면 헤르만 헤세가 다녔던 수도원 학교로 널리 알려진 독일의 마울브론 같은 곳이 있다. 마울브론은 수도원을 중심으로 형성된 수도원 도시의 전형이다. 수도원은 담장에 둘러싸여 장방형의 넓은 단지를 이루었다. 둘레로 해자의 흔적이 있고 그 앞으로 길게 도로가 지나가는데 이 길을 중심으로 길 양쪽으로 길게 형성된 가촌의 흔적이 보인다.

크렘스뮌스터 역시 수도원과 수도원을 구심으로 한 도시가 형성되었지만 마울브론처럼 평지가 아니라 깊이 골이 진 지역에 입지한 관계로 마울브론과는 다소 다른 모습을 보인다. 고지대에 수도원이 높이 올라가 있고 도시는 그 아래 계곡부에 형성되어 있어서 둘은 지형에 따라 분리되었다.

가까운 마트에 가서 빵과 음료수, 저녁 식사 겸 요기할 것들 장을 좀 보고 호텔로 돌아왔다. 호텔 현관에 태극기가 내걸려 있었다. 잠깐 외출한 동안 어디서 구했는지 몰라도 그런 일을 벌여놓은 것이다. 오스트리아 시골구석의 작은 호텔에 미리 세계 각 국기를 갖추어놓고 있었을 것 같지는 않고, 우리가 무슨 외교사절은 아니지만 호텔에서는 우리를 환영하는 의례를 갖추어준 모양이다. 그건 그렇다 치고, 도대체 저 태극기를 어디서 구했는지 그게 궁금했다. 그간의 경험으로 보면 오스트리아 남자들은 독일과는 확실히 다른 것 같다. 독일 같으면 내가 묻지 않았다면 모르되 일단 물어보면 진지하게 있는 사실 그대로 하나하나 해설해가며 보고해준다. 미리 나서서 쓸데없이 남의 일에 관여하지 않는 건 독일인들이나 같은데, 오스트리아에서는 일단 물어봐도 농담처럼 가볍게 대한다. 진지함의 문제가 아니라 오스트리아 사람들은 가볍게 터치하면서 편안하게 대한다는 거다. 결국 태극기 수수께끼는 알아내지 못했다.

수도원

크렘스뮌스터는 작은 계곡을 이룬 평지에 자리 잡았는데 구도심만으로 보면 더 작다. 도심 외곽으로 꽤는 센 물살의 계류가 흐르고 계곡의 한쪽 높은 언덕받이에 수도원이 길게 가로놓여 있다. 수도원 한쪽 끝에 교회첨탑이 우뚝 솟아 있고 또 그만큼 높이로 쑥 솟아 있는 현대식 고층 빌딩 같은 게 다른 한쪽 끝을 이루고 있으면서 온 동네를 굽어보고 있다. 웬 뜬금없는 현대식 고층건물인가 싶지만 슈티프터가 학창시절에 그렸던 그림에도 수도원은 지금과 똑같은 모습이었다. 200년 전에 생긴 저런 고층빌딩, 무슨 용도였을지. 슈티프터가 회상한 김나지움 시절 이야기에도 나오지만 저 꼭대기에는 천문대가 있다.

수도원 학교는 높은 곳에 자리하며 사방으로 시야가 트여 전망이 좋다. 여러 모로 크렘스뮌스터는 슈티프터에게 푸른 알프스의 자연을 맘껏 즐길 수 있는 기회를 주었던 것 같다. 슈티프터에게 미술

크렘스뮌스터는 수도원을 중심으로 형성된 수도원도시로 구교 지역에서 볼 수 있는 아기자기한 장식을 한 산기슭의 동네의 집집이 모두 정겹다. 작은 중정과, 해자와 나란히 이어진 긴 화랑이 뜨거운 여름 햇살을 피해 시원하게 지낼 수 있는 그늘을 만들어 준다.

크렘스뮌스터 수도원, 바로크풍의 건축으로 장식이 된 수도원은 담장 둘레로 해자를 둘렀는데, 해자의 맑은 물에는 수초가 가득하고 수초 사이로 유유히 헤엄치는 송어가 엄청 많이 떼 지어 노닌다.

수업은 흥분과 열정을 준 시간이었다. 그런 기억들은 그의 작품 〈후손〉 (Nachkommenschaft, 1864)에도 생생하게 남아 있었다.

> 상급반 학생의 수채화 그림을 보고 나는 너무 기뻐 껑충껑충 뛰
> 었다. 희미한 연녹색 바탕에 전체적으로 연한 장밋빛 기둥이 그려져
> 있었다. … 이 세상, 그림보다 나를 깊이 감동시킬 수 있는 것은 아무
> 것도 없다. (〈보헤미아의 숲〉 옮긴이 해설 p.212)

수도원은 중세의 성채 같은 모습으로 단단하고 높은 담장에 둘러

싸였다. 외벽 바깥으로 넓은 해자까지 갖추었는데 해자에 가득한 물은 수정처럼 맑다. 물속의 무성한 수초가 물결에 춤을 추는 게 바람에 나부끼는 짙은 대나무숲 같다. 수초 사이로 물고기가 유유히 노니는데 붕어보다는 크고 움직임에 무게가 실려 있다. 숭어 같기도 한데 그 수가 보통 정도가 아니다.

해자 수로를 사이에 두고 수도원 담장과 나란히 길게 회랑이 이어져 있다. 밖은 뜨거운 햇살에 머리가 아플 지경인데 회랑 복도에는 그늘이 가득 드리워져 시원하다. 습하지 않아 그런 것 같다. 회랑 벽에는 갖가지 공지사항들이 게시된 여러 게시물들이 내걸렸고 그 옆으로 띄엄띄엄 훌륭한 인물들을 기념하는 패들이 여럿 걸려 있는데, 미술교사 아무개, 과학교사 아무개, 이런 식으로 1700~1800년대 재직한 김나지움 교사들과 김나지움을 거쳐 간 사람들을 기념하는 것 같다. 그 가운데 아달베르트 슈티프터의 기념패가 우리 눈에 특별히 띈 건 어쩌면 당연하겠지? 시내를 한 바퀴 돌고 수도원 일대를 둘러보는 동안 크렘스뮌스터가 슈티프터의 존재를 제시해 보여준 첫 정보였다. 그걸로 슈티프터가 이 학교를 거쳐나간 명사의 반열에 드는 게 분명하다는 걸 확인했다.

수도원 입구는 유서 깊어 보이는 문장 장식과 갖가지 건축 장식을 갖춘 아치로 되어 있는데, 그 안쪽으로 상당히 넓은 중정이 들여다보인다. 규모가 워낙 커서 중정이라기보다는 광장 같다. 중정에 면하여 바로크풍의 곡선과 곡면으로 치장된 벽면의 교회가 한 면을 차지하고 있고 거대한 규모의 수도원 건물이 둘러서 있다. 크렘스뮌스터의 한적한 소도시의 면모에 비해 장대하고 바깥에서 보이던 엄청난 규모에 버금가게 수도원 안으로도 바로크 양식의 장대한 면모가 한눈에 들어온다. 예전부터 만만치 않은 세를 지닌 곳이었나 보다.

서기 800년경, 칼 (샤를마뉴) 대제는 훈령으로 프랑크 왕국 내에 수도원의 표준도면을 하달하였다. 이후 그걸 기본골격으로 하여 유럽의 수도원들이 세워졌다. 스위스 상크트 갈렌 수도원에 당시 도면이 전해진다. 그 도면에서처럼 이후 유럽의 수도원들에는 중정과 중정을 둘러싼 회랑이 있고 중정에는 작은 분수가 있는 조용한 정원이 들어섰다. 회랑의 한 면은 수도원 교회가 되는 정형화된 중세 수도원의 전형이 나타나게 되었다. 중세 수도원의 중정은 교회 측면에 면하여 있으면서 작고 조용하고 성스러운 곳이었다. 근대사회로 접어들면서 수도원은 세속의 절대주의의 표현 양식처럼 바로크풍을 띠어갔고 중세의 폐쇄된 작은 중정 방식에서 벗어나 사방이 거대한 건축물로 둘러진 광장 같은 공간을 품게 되었다. 외부에서 보면 사방을 둘러 있는 건물에 의해 수많은 창이 뚫려 있는 거대한 벽면을 과시하며 장대한 인상을 주게 되는데, 크렘스뮌스터 수도원도 대부분 바로크 양식의 수도원들의 그런 모습들을 갖추고 있었다.

학교교정

수도원은 전체적으로 장방형의 중정을 둘러싼 하나의 단일 건축물처럼 꽉 짜여 있고 그 한쪽 모퉁이에 김나지움이 들어서 있다. 김나지움은 9년의 중등과정으로 우리의 초등학교 고학년과 인문계 중·고등학교에 해당한다.

김나지움은 수도원 해자와 회랑을 지나서 들어가기도 하고 동네

크렘스뮌스터

신교 지역의 도시에는 단순명쾌한 방식의 가로나 집 앞의 장식이 있는 것에 비해 구교 지역은 꽃으로 풍성하게 장식하거나 작고 아기자기한 인형 조각 등 장식물이 많이 나타난다. 크렘스뮌스터에서는 구교 지역 도시들에서 나타나는 특유의 아기자기함을 많이 느낄 수 있다.

동네로부터 김나지움으로 따라들면 개울 위에 매여 있는 나무다리가 나오는데 개울물은 작은 호수로 흘러든다.

로부터 직접 들어가기도 했다. 동네로부터 찾아드는 길은 수도원을 거치지 않고 직접 들어오게 되어 있다. 그쪽 길로 접어들면 넓게 펼쳐진 초지가 나오고, 초지 끝머리 먼 곳에 걸려 있는 알프스 준령이 시야에 들어온다. 초지가 거의 끝나는 즈음에 이르면 그냥 폴짝 뛰어 건너도 될 만한 폭의 자그마한 개울물이 나오는데, 개울은 오른쪽으로 계속 흐르다가 작은 호수로 흘러든다. 개울에 걸려 있는 목조의 작은 다리를 지나면 길은 오른쪽으로 꺾어지고 그 길을 따라들면 바로 정면으로 수도원의 한쪽 모서리 일곽을 이룬 학교가 보인다. 김나지움을 바라보면서 오른쪽으로 운동장이 나오고 왼쪽으로는 담장이 이어진다.

담장 한 부분을 이루며 작은 정자가 있고 정자에서는 담 너머로 멀리 훤히 트인 시야에 아름다운 풍경이 들어온다. 담장과 운동장 사이의 뜰에는 작은 분수와 분수의 둥근 수조 둘레로 굵은 모래를 깔아놓은 산책로가 있고 그 바깥쪽으로 잔디가 입혀진 소박한 화단이 만들어져 있다.

분수는 가느다란 물줄기를 뿜고, 화단 경계를 따라 난쟁이 석상이 여럿 서 있는데 모두 손에는 악기든 뭐든 하나씩 들려 있다. 크기도 상당하여 사람 키만하다. 얼핏 보아서도 일반 가정집 정원에 놓아두는 요즈음의 대량 생산되는 정원용 난쟁이 석상이 아니다. 모두 돌을 쪼아 만들었는데 그 중 하나는 몸통은 보이지 않고 좌대에는 발목이 놓였던 자국만 남아 있다. 느낌으로도 백 년 정도는 충분히 넘어설 것 같다.

양어장

수도원 안 어느 한쪽 모퉁이에 작은 규모로 무슨 자료관을 마련해놓은 곳이 나오는데, 바깥에서는 거의 짐작할 수 없을 만큼 규모가 큰 수족관이다. 숭어를 비롯하여 셀 수 없는 종류의 물고기들이 여러 칸으로 구획된 수조 안을 유유히 헤엄치고 있다. 희귀한 어종과 이 지역에서 사는 향토어종들을 모아놓은 것 같다. 건축 형식이나 수조 곳곳에 있는 장식된 조각상들로나 분명 바로크풍인 걸로 보면, 원래부터 양어장으로 만들어져 수백 년을 이어온 모양이다.

수족관이든 양어장이든 아무려나 전혀 수도원과는 어울리지 않게도 여기서 양어장을 만나는 게 뜻밖일 수도 있지만, 어디서 얼핏 들은 바로는 이탈리아의 근대 빌라 정원에서 특히 추기경들의 정원에서 정원 한가운데 놓인 분수 수조에 물고기를 키웠다고 했다. 그런 걸로 봐서는 수도원의 양어는 그냥 곁들여진 장식은 아닌가보다.

〈보헤미아의 숲〉에서도 사냥꾼 그레고르가 들려준 이야기가 나온다. 아주 옛날, 세 나라의 왕들이 드라이제셀에 앉아 국경을 정하는 논의를 하고 있었다. 그동안 다른 시종들은 사냥을 즐겼는데, 그 중 세 사람이 호수로 가서 고기를 잡았다.

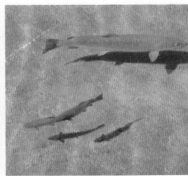

수도원 한쪽 모퉁이의 큰 수족관, 그 속에는 여러 종류의 민물고기들이 헤엄치고 있는데 뺨이나 옆구리에 붉은 색조를 띠는 거대한 녀석들이 유유히 돌아다닌다.

수도원 수족관은 한눈에도 벌써 오랜 세월의 시간을 간직한 역사적 시설이란 걸 알 수 있을 만큼 그럴싸하다.

호숫가로 달려간 그들은 입 주위에 붉은 반점이 있는 송어들이 몰려오자 손에 잡히는 대로 잡아 땅위로 건져 올렸습니다. (〈보헤미아의 숲〉 p.72)

잡은 송어들을 냄비에 넣고 끓였다. 한참이 지나 냄비의 물이 끓는가 싶자 갑자기 호수 일대에 광풍이 몰아쳤다. 더욱 소름끼치는 건 수면에는 전혀 풍랑이 일지도 않고 맑은 하늘이었다는 거다. 중얼거리는 이상한 소리도 들렸다. 세 사람은 입도 뻥긋 하지 못하고 밤새도록 바위 뒤에 숨어 있다가 날이 밝자마자 왕에게 헐레벌떡 달려가 사실대로 보고했다. 왕과 신하들은 곧 그곳을 떠났고 저주받은 숲을 찾는 사람들의 발길은 영원히 사라졌다는 이야기다.

〈보헤미아의 숲〉의 물고기, 그 물고기들이 여기 수도원 양어장에서 놀고 있다. 유유히 떠다니는 숭어 중에는 뺨에 붉은 무늬도 선명한 거대한 녀석도 보인다.

바움 미텐 인 데어 벨트

크렘스뮌스터 주변으로 동서남북 완만한 구릉이 끝이 없고 구릉 사면의 들판에는 작물들이 넉넉하다. 들판 한가운데가 깊이 패여 계곡부 저지대가 형성되어 있는데, 고지대 들판 끝머리에 바짝 붙어서 수도원이 자리 잡았고 수도원 아래쪽 계곡부에 크렘스뮌스터 시가지가 자리 잡고 있다. 학창시절의 슈티프터라면 스케치 도구나 메모지를 들고 다니면서 이런 전형적인 농촌의 풍광들을 온몸으로 맞이하고 그랬을 것 같다. 크렘스뮌스터 맞은편 높은 고원이 펼쳐진 들판으로 '바움 미텐

인 데어 벨트Baum mitten in der Welt'란 긴 이름의 지명을 가진 곳을 찾아가 보는 길이다.

바움 미텐 인 데어 벨트 뜻으로 새기자면 "세상의 중심에 선 나무"인데, 영화 〈아바타〉나 애니메이션 〈월령공주〉 같은 데서 중심이 되어주었던 어마어마하고 신령스러운 나무거나, 혹은 엘리아데가 주창한

바움 미텐 인 데어 벨트, "세상 한가운데의 나무"란 뜻의 긴 이름은 지난 세기 이 일대의 토지 측량을 하면서 기준점을 삼았던 것을 기념하여 나무 한그루를 심었던 모양이다. 이 일대에서는 가장 큰 나무이긴 하지만 대략 수령을 따져 미루어보아도 그 나무가 될 수는 없을 것 같다.

우주목과 같은 신성함을 지닌 그런 토속적인 나무나 되려나 하며 공연히 궁금증이 발동한다. 한참을 걷는 동안 동네도 없고 인적도 없다. 여행 내내 지겹도록 겪었지만 전혀 지겹지 않은 한적함과 자유로움을 온몸으로 만끽하며 얼마나 걸었나, 근 한 시간 만에 들판 한가운데 외로이 선 집 한 채가 눈에 띈다. 그 동네에 있는 유일한 집, 카페를 겸한 시골의 작은 음식점에서 바움 미텐 인 데어 벨트 그 이름을 상호로 사용하고 있었다.

19세기 언제쯤인가, 이 일대에 삼각측량의 기준점을 설정하였던 모양이다. 사방이 훤히 열려 있고 완만한 고원 평지의 좋은 시점이 되다보니 충분히 그럴 수 있겠다 싶다. 그때 그 일을 기념하여 나무를 한

그루 심었던 것에서 이 이름이 유래된다. 레스토랑 앞에 큰 나무가 한 그루 있어서 혹시 그 나무가 그건가 짐작해보지만 수령으로 짐작건대 당시의 그 나무일 수는 없고, 또한 그런 정보를 주는 표지판 같은 게 없으니 확신할 수는 없다.

사방이 넓게 트여 있고 완만하게 주름진 구릉의 지평선 위로 희미하게 고산준령의 실루엣이 끝없이 뻗어나 있다. 길가 한쪽으로 한 5층 건물 높이 정도의 구조물을 하나 세워놓고 그 2층에 전망대라고 만들어놓았는데 전망대 앞쪽에 180도 범위의 파노라마 사진과 중요 봉우리마다 이름을 명시해놓은 표지판도 마련되어 있어 맞춰보기 좋게 해두었다. 뜻은 그러했는지 모르나 구조물의 규모나 의도에 비해 실제 효과는 그리 감동적이지 않다. 그래도 표지판에 있는 정보들이 좀 쓸 만한 게, 그것들만으로도 잘츠캄머굿 일대에 관한 모든 알프스 봉우리들을 다 알아낼 수 있을 것 같다.

불행히도 표지판에 명시된 봉우리들에는 평소 익히 알고 있던 몽

크렘스뮌스터 수도원. 벌판 한가운데 움푹 꺼진 계곡에 발달한 크렘스뮌스터. 수도원은 도시를 굽어보듯 고지평원 끝자락에 올라서 있다.

블랑이니 하는 그런 명산들은 없고 모두 생소한 이름들뿐이다. 그 가운데서 유독 눈에 들어오는 이름이 하나 있다. 이 여행의 목적지, 〈외로운 노인〉의 무대 트라운 호수의 주산 트라운슈타인이다. 소설에 등장한 걸로 해서 익숙한 이름이기도 했지만, 이름이 아니더라도 생긴 모습이 워낙 특이하여 그 모습만으로 금방 알아차릴 수 있을 만큼 쉬 기억해둘 만했다. 그게 여기서 똑바로 바라보인다. 크렘스뮌스터와 작가 그리고 그의 작품은 학창시절의 크렘스뮌스터의 기억과 크렘스뮌스터의 경관이 함께 하나의 연결고리로 이어져 있었다. 슈티프터가 트라운 호수를 〈외로운 노인〉의 무대로 삼은 것은 그냥 우연히 생긴 일이 아니었던 것 같다.

슈티프터, 기억의 흔적

크렘스뮌스터의 마지막 날, 일찌감치 저녁 식사를 마치고 가벼운 산책에 나섰다. 그간 며칠을 지내면서 여기저기 원없이 다녔다. 딱히 무엇을 찾아내겠다는 일념으로 부지런히 찾아다닌 게 아니라 발길 닿는 대로 산책하고 휴식하듯 했던 것이기에 훨씬 감성적으로 충만해질 수 있었다.

아직 궁금증이 풀리지 않은 게 하나 더 있긴 했다. 항시 눈에 들어오던 교회가 있었는데 거기가 계속 궁금하던 참에 거길 찾아 나섰다. 수도원 북서쪽으로, 굽이굽이 돌아 산책하기에 적당한 거리 정도 간 곳에 작은 언덕이 있고 그 정상에 소박한 크기의 오래된 교회가 있다. 크렘스뮌스터 일대에서 멀리 바라보이던 인상 깊던 그 교회다. 생각보다 작고 아담한 게 전형적인 시골 마을 교회다. 교회 마당에 서면 멀리

'Blick auf Kremsmünster und Umgebeung' 〈크렘스뮌스터 조망〉(1823-25). 오른쪽 끝으로 희미하게 보이는 봉우리는 트라운 호수의 주산 트라운슈타인.

눈높이 차이가 좀 나지만, 그걸 감안하고 보면 그동안 주위에 숲이 많이 우거졌지만 예나 지금이나 그대로의 경관을 확인할 수 있다. 교회 첨탑에 올라가면 이 그림의 눈높이와 맞아 떨어지는 장면이 나올 것 같다. 오른쪽 사진의 오른쪽 끝 부분에 (슈티프터의 그림과 흡사하게) 살짝 솟아나 보이는 흐릿한 봉우리는 트라운슈타인이다.

크렘스뮌스터의 수도원과 수도원 너머로, 고산연봉이 여러 겹으로 겹쳐 있는 대단한 파노라마가 시야에 들어온다.

가까운 곳의 물체는 크게 보이고 거리가 멀어질수록 작게 보이는 원리, 소실점을 기준으로 그려가는 일반적인 원근법을 선원근법이라 한다. 일반적으로 투시도를 그릴 때 쓰는 원근법인 선원근법과는 달리 거리가 멀어질수록 흐릿해지는 현상을 따서 표현하는 회화기법, 스푸마토라 부르는 것도 일종의 원근법에 속한다. 스푸마토란 대기현상에 따라 나타나는 원근의 원리를 이용한 화법인데, 공간원근법이라 하기도 하고 대기원근법이라 하기도 한다. 스푸마토처럼 여기서 바라보이는 연봉이 몹시 흐릿하다. 흐릿한 지평선 오른쪽 끝머리에 낯익은 봉우리가 눈에 띈다. 특이한 모습을 하고 있었던 트라운슈타인이다.

　슈티프터는 김나지움 다니던 시절 크렘스뮌스터 수도원 일대의 전경을 그린 풍경화를 하나 남겼다. 멀리 수도원이 조감되고 수도원 일대의 초지와 잘 닦인 도로가 수도원을 휘돌아 굽이쳐 가는 모습이 사실적으로 표현되어 있다. 크렘스뮌스터 시내는 지형상 계곡 아래로 숨어들어 그림에는 나타나지 않고, 그림의 대각선 방향으로 길게 계곡을 이룬 가운데, 근경으로 오른쪽 하부에 작은 취락과 멀리 장대한 지평선을 이루는 완만한 구릉과 그 한쪽 끝에 뾰족하게 튀어나온 봉우리, 트라운슈타인이 또렷하다.

　이곳 교회 언덕에서 바라보이는 풍경과 흡사하다. 슈티프터의 그림보다는 눈높이가 조금 낮아져 보이지만 그거라면 교회종탑에 올라가 거기서 내려다보면 딱 들어맞을 것 같다. 슈티프터 입장에서 생각해보자면 아마 이랬을 것이다. 어느 날 마음먹고 여기로 달려왔겠다. 그림 그릴 준비도 다 되었고. 그리고 종탑에 올라가 오래전부터 눈여겨봐둔 장면, 수도원 일대의 장관을 화폭에 담는다. 수도원 너머 까마득히 있는 트라운슈타인을 대기원근법에 입각하여 흐릿하게 그려넣는 것도 잊지 않는다.

　돌이켜보니 크렘스뮌스터에서 지낸 이 며칠 동안은 수도원과 주변의 들판을 거닐며 순전히 이곳의 자연을 만끽하고 조용한 시간을 보낼 수 있었다. 꼭 찾아봐야 할 작품의 무대가 되는 곳이 아니었기에 별달리 부담을 가지지 않아도 되었다. 예전 슈티프터가 지냈던 학창시절의 고장을 지나가며 잠시 들러보는 정도여서 가벼운 마음으로 대할 수 있었을 것이다. 며칠간 휴가를 보내듯 흘려보낸 시간 동안을 돌아보니 작가가 평생 가지고 있었을 이곳에 관한 기억들, 들판을 거닐고 여기저기 돌아다니면서 글을 구상하고 시를 습작하고 스케치하고 했던 그런 흔적들이 생생하게 느껴졌다. 슈티프터의 일상도 거의 우리의 행보처럼 그랬을 것 같다.

트라운키르헨 선착장

트라운 호수

트라운키르헨

거리로는 지척인데 아침 일찍 크렘스뮌스터를 출발하여 버스를 타고
기차를 타고 다시 환승하여 지선 완행열차로 한참을 달려 오후 늦은
시간에야 트라운키르헨에 도착했다. 알프스와 호수, 험한 지형 관계로
그런 거라면 좀 불편은 하지만 그만큼 문명세계로부터 멀어질 수 있으
니 그 정도는 감내하자 했다.

트라운키르헨의 수도원교회

열차가 선 곳은 눈 가는 데라곤 모두 호수고 까마득히 솟은 바위산뿐인, 철로 위에 지붕 하나 덮여 있는 플랫폼만 갖춘 간이역인데, 호텔은커녕 민가조차 보이지 않는다. 무인지경인 이곳에서 무엇을 할 수 있을까 싶다. 우리의 목적지에 대한 기대치는 이곳의 현실로부터 백리도 넘게 멀리에 있어 보인다. 호텔을 찾아갈 길이든 뭐든 좀 물어

트라운키르헨 기차역. 역 주변에는 아무도 눈에 띄지 않고 바로 코에 닿을 듯이 트라운 호수의 주변의 거친 바위산들만 낯선 객을 맞는다. 민가도 없고 역무원조차 보이지 않아 누구에게 뭘 물어볼 수도 없다.

봐야 할 텐데 역무원조차 눈에 띄지 않는다.

역을 한 바퀴 휘돌아봐도 인적이 있을 만한 곳이라곤 굳게 닫힌 역 사무실밖에 없다. 외인 출입금지 구역일 것 같은데, 아무튼 거기라도 쳐들어가 볼 수밖에 없을 것 같다. 노크를 하고 안에서 무슨 반응이 있는지 기다릴 것도 없이 조심스럽게 문을 열고 본다. 방에는 역무원 한 사람이 혼자 무료하게 앉아 있다. 어쩌면 저자 혼자 트라운 호수의 온 천하를 지키고 있는지도 모르겠다.

우리가 가야 할 곳, 예약한 호텔이 있는 곳은 여기서 큰 고갯길을 넘어서 산 너머에 있다고 했다. 산 너머 그 동네에도 역이 있는데 우리

가 가야 할 곳은 거기여서 이를테면 잘못 내린 거였다. 승무원에게 묻고 물어서 제대로 내리긴 했지만, 기차는 하나 건너 하나씩 여기서 서거나 거기서 서는데 우리가 탄 기차는 운 없이(?) 여기 정차하는 기차였다는 거다. 원 참 무슨 소린지 모르지만 아무튼 제대로 내리긴 했지만 약간의 어긋남이 생긴 모양이다.

저 산을 넘어가면 금방이며 저기를 넘어가며 발아래로 펼쳐지는 호수와 광활한 전경을 감상하다보면 여기 오길 참 잘했다는 생각이 절로 날 거라나 뭐라나. 역무원 혼자 신이 났다. 그나저나 이 짐을 들고 무슨 수로 저 산을 넘나?

우리는 배낭여행객이요.

역무원은 그 소리에야 지금 우리의 입장을 직시하고 다시 현실로 돌아왔다. 당연히 승용차를 운전해서 온 걸로 여기고 드라이브 겸 저 산을 넘어가면 호수 전경을 조망할 수 있고, 뭐 그런 무척 낭만적인 생각으로 저 산을 넘어가라 했던 모양이다. 역무원 입장에서도 어차피 지금 이 시간에 이곳 시골 역에서는 할 일이 많은 것도 아니어서 무료해하던 차였겠지만 여러 모로 친절을 베풀어 호텔로 전화를 해 호텔에서 차를 가지고 우리를 픽업하도록 조치까지 해주었다. 얼마 있지 않아 호텔 주인장이 우리를 픽업하러 왔다.

호텔을 찾아가는 승용차 안에서 일단 안도하고서야 호수며 산이며 차로 달려가는 길 양 옆으로 스쳐 지나가는 경치가 눈에 들어오기 시작한다. 앞으로 며칠간의 이곳 체류에 대한 기대감 같은 것도 작동이 된다. 이번 호텔은 또 어떤 즐거움을 줄지, 동네는 어떻게 우리를 맞이할지. 프라우엔베르크의 호텔처럼 한 가족이 꾸려가는 시골 호텔 방식의 그런 고즈넉한 느낌이었으면 하는 기대감도 든다.

트라운키르헨은 기차역에서 받은 인상과는 180도 달리, 한눈에 보기에도 상당히 번잡하다. 호안을 메워 만든 공용주차장에는 빈자리가 없다. 호젓한 호반의 동네가 되어주길 바랐던 건데 실망이다. 북적이는 사람들의 차림새로 봐서는 관광여행객이라기보다는 휴양하러 온 사람들 같다. 호수에서 물놀이도 하고 보트도 타고, 그러고들 있다. 호텔은 독일이나 오스트리아의 여러 층으로 올려진 전통 목조가옥 방식인데, 발코니마다 꽃을 내걸어 놓은 장식이 화려하지만 느낌으로 확닿는 것은 일단 한적하고 차분하고 고즈넉하고 뭐 그런 것과는 완전 다른 관광객들 북적이는 활기찬(?) 그런 분위기다. 번잡한 동네, 북적이는 여행자들, 시끌벅적할 것 같아 보이는 호텔. 이거 뭐 기대와 어긋나도 아주 많이 어긋나는 것 같다.

호수

트라운키르헨은 호수 서쪽 호안 중간쯤에 있다. 지도나 위성사진으로 보자면 남북으로 곧고 길게 이어지는 호안 한가운데쯤에서 살짝 한번 튀어나와 작은 곶을 이룬 곳이어서 한쪽 끝에서 다른쪽 끝까지 호수가 한눈에 들어올 것 같지만 호수가 워낙 길게 벌어져 나가 있는 관계로 호수 양끝은 절대로 눈에 들어오지 않는다.

마을은 점점 더 뒤로 물러나고 호수 주변의 암벽들이 서서히 움직이기 시작했다. 잠시 후 수풀이 무성한 곳이 하나 뻗어 나와 수면 위로 점점 퍼져가더니 마침내 육지로부터 분리되어 하나의 섬으로 그 모습을 완전히 드러냈다.

"바로 건너편 호숫가에 있는 저 산이 그리젤입니다."

드디어 섬의 수풀들이 수면에 비쳐 파랗게 반사되는 곳에 이르러 배는 섬으로 점점 더 가까이 다가가고 있었다. 멀리 홀로부터 저녁기도를 알리는 종소리가 울려 퍼졌다. 배를 젓던 노인과 처녀는 노를 끌어올리고 조용히 저녁기도를 올렸다. 그동안 배는 호수 쪽으로 뻗어 나온 섬의 회색 바위를 따라 서서히 움직였다. (《외로운 노인》 p.72-73)

트라운슈타인은 소설에서 '그리젤'로 등장한다. 이 듬직한 바위산 옆에 실루엣으로 보면 콧대가 선 도도한 아가씨의 옆모습 같은 봉우리가 있는데 에를라코겔이다. 소설에서는 '오를라'라는 이름으로 등장한다.

곧 알게 되시겠지만 우리가 산을 돌아왔으니 홀에서는 이 섬을 볼 수 없었던 거죠. … 이 높은 산을 우리는 오를라라고 부릅니다. (《외로운 노인》 p.74)

실제 호수 한가운데 외로운 섬은 없었다. 그러나 에벤제에서 호수를 오가는 정기여객선을 타고 들어와보면, 빅토르가 쪽배를 얻어타고 찾아들었던 섬, 그게 뭔지 알아차릴 수 있다. 에벤제 선착장에서 출발한 배는 호수 한가운데로 나아가다가 트라운키르헨으로 들기 위해

트라운 호수의 남쪽 끝 에벤제에서 바라보이는 트라운 호수 전경. 중앙의 뾰족한 정상부를 한 곳이 에를라 코겔이고 그 왼쪽으로 약간 평평해진 정상부를 한 산이 트라운슈타인이다.

커다란 원호를 그리며 휘어든다. 다시 똑바로 방향을 잡아가는 뱃머리 쪽으로 멀리 섬 같은 게 눈에 들어온다. 트라운키르헨의 호안에 불쑥 튀어나온 작은 언덕이 있는데 호수에서 바라보면 꼭 섬 같다. 슈티프터는 여기서 보이는 저런 모습을 떠올리면서 호수 한가운데의 섬을 만들어 넣은 게 아닌가 싶다.

트라운 호수를 빙 둘러 사방으로 험준한 산들이 둘러서 있는데, 특이한 형상을 한 거대한 바위산이 트라운슈타인이다. 온통 바위 덩어리로 이루어져 묘하게도 뾰족 삐져나온 산봉우리를 하고 있으면서 호수와 주변의 거대한 산들을 압도하고 있다. 트라운 호수는 남북으로

트라운키르헨 선착장
일대의 전경

트라운키르헨 수도원교회
너머로 보이는 트라운슈타
인의 바위산, 호수 수면에
잠긴 듯 솟아 있는 트라운
슈타인, 그리고 수도원교회
의 묘지

트라운 호수

길게 놓여 있는데 계곡을 따라 내려온 물이 호수로 흘러드는 남쪽 끝의 입수부와 넘쳐 흘러나가는 북쪽 끝의 출수부가 되는 곳에 에벤제와 그문덴이 상당한 규모의 항구를 이루며 자리 잡았다. 트라운키르헨은 호수 중앙에서 약간 남쪽으로 치우친 곳에 살짝 튀어나와 곶을 이룬 곳에 있다. 호반을 따라 도로가 나 있긴 하지만 호수를 왕복하는 정기 여객선이 유람선 기능을 겸한 대중 교통수단이 되어준다.

　호반에는 몇 호 정도의 작은 취락이나 좀 크다 해도 거의 고만고만한 동네들이 띄엄띄엄 있을 뿐이다. 워낙 가파르고 험준한 산악으로 둘러싸여 있다 보니 큰 동네가 들어설 만한 여지가 없기 때문이었을

트라운 호수

것이다. 트라운키르헨은 교회를 중심으로 취락을 이루고 있는데, 교회에는 호반의 가파른 기슭 위에 몇 단으로 작은 테라스를 이룬 묘지가 있다. 테라스에서 내다보이는 바깥 경치에는 트라운 호수와 호수 건너편 준봉의 바위산들이 배경을 이루어 아련한 아름다움이 풍겨난다. 아무렇게나 셔터를 눌러도 카메라 파인더에 비쳐드는 풍광은 그대로 한 컷의 작품이 되어 나올 만큼 아름답다. 교회 앞에는 녹지가 조성되어 있고 작은 광장을 이룬 곳에 선착장이 있어서 호수를 오가는 정기 여객선이 와 닿는다.

아무튼 소설에는 호수에 도착하여 배를 얻어타고 섬으로 들어가는 동안 보트에서 바라보이는 호수와 주변을 둘러 있는 거대한 산, 그리고 호안과 섬과 일대의 장관이 배가 움직여 가는 데 따라 다가오고 물러가며 앞뒤의 물체가 뭉쳐 보였다가 흩어져 나가는 미세한 움직임까지 결코 놓치지 않으려는 듯 묘사되어 있다. 지금도 에벤제에서 배를 타고 가는 동안 호수와 산이 어우러진 온 세상은 한 폭의 그림이 되어간다. 빅토르가 와 닿은 호숫가 마을 홀, 그러니까 빅토르는 에벤제에서 배를 타고 트라운키르헨으로 들어온 것이다.

"옛날에 수도승들이 이 섬에 살았습니까?"

"그렇습니다. 아주 멀고 먼 옛날, 낯선 수도승들이 이곳에 도착했습니다. 그때만 해도 이 넓은 호숫가에는 집이 한 채도 없었습니다. 바위에서 떨어진 나무 한 그루만 호수 속을 떠돌고 있었죠. 그들은 뗏목과 전나무 가지만으로 호수를 건너와서 우선 암자를 지었습니다. 그러고 나서 조금씩 수도원이 세워지고 나중에 홀이라는 마을

이 생긴 겁니다."

　　호수 가운데 외로이 떠 있는 섬이 시야에 들어왔다. (《외로운 노인》 p.74)

트라운키르헨 동네 바로 앞 호숫가 요한네스베르크 언덕 위에는 작은 예배소 요한네스키르헤가 있다. 이 언덕이 배를 타고 트라운키르 헨을 향해 들어오다 보면 꼭 호수 안에 자리한 작은 섬처럼 보이던 곳이다. 요한네스베르크 맞은편에는 옛날 수도원이었던 교회가 있다. 산 책로를 따라 올라보면 작은 언덕인 것에 비해 숲과 자연 식생이 범상 치가 않다. 그만큼 비옥하고 골이 깊다는 이야기다. 요한네스베르크는 기독교가 전래되기 전 게르만의 성소였던 곳인데, 기독교가 전파된 초 기에 여기 교회가 세워졌다. 내 외부 건축 형식으로 미루어볼 때 지금 의 교회는 바로크 시대에 새로 지었거나 새로 장식한 것으로 보인다.

백부댁 들어가는 길의 여러 장소들
요한네스베르크와 수도원교회는 완만한 구릉으로 이어져 있고, 그 사 이로 만처럼 만곡되어 들어가 희미하게 모래사장이 형성되어 있다. 이 곳에 작은 선착장이 갖추어져 있어서 호수 양 끝의 에벤제와 그문덴 을 오가는 정기여객선 겸 관광유람선이 여기에 닿는다. 소설대로라면 선착장에서 숲을 따라 한참을 들어와, 사람의 손길이 끊어져 자연으로 돌아가고 있던 곳이 나와야 했다. 정원으로서 보자면 황폐된 곳이라 했던 그럴 만한 곳이 또 어디쯤 있을까 여기저기 기웃거려보지만 이 일대는 지형적으로 전혀 그럴 수 있는 조건이 갖추어져 있지 않다.

아무리 사실주의 작품이라지만 실재하지 않은 상황을 작가의 상상력으로 그려놓은 것도 있겠지. 소설 속의 그림 찾기를 포기하기까지 한참 동안을 있지도 않을 숲이며 과수원이며 그런 흔적을 찾느라 그러고 있었다. 소설 무대란 곳을 찾아오긴 했지만 냉정히 보자면 소설이란 결국 허구고 그 무대 또한 작가의 머리에서 그려진 환상에 불과한 것이다. 그런 걸 직시했어야 했지만 나도 모르게 소설 속에 너무 몰입해 간 건 아닐까? 솔직히 소설을 현실로 여기고 현실에서 그 장소와 공간을 찾느라 그러고 있을 건 아니었다.

소설을 그대로 재현해둔 생생한 무대를 찾아다니던 어리석음을 직시하고 마음을 비우자 그제야 트라운키르헨은 깊이 품고 있던 자신의 모습을 내보여 주었다. 물론 그러기에는 잠시 뒤 날이 저물고 사위가 조용해지는 때까지 기다려야 했지만. 휴가를 즐기는 많은 휴양객들, 주차장을 가득 메운 차량행렬, 잘 관리된 녹지와 공원. 이런 눈앞의 현실을 직시하고 보자면 소설 무대란 그냥 트라운 호수일 뿐 그 이상의 디테일한 상황을 기대할 건 아니었다. 순전히 작가의 상상에서 나온 걸로 해두자 할 수밖에 없다. 소설과 현실은 엄연히 별개의 것이라며 어느 수준에서 소설의 현장을 밝혀내려는 일을 그칠까 했다.

휴양객들로 무척 부산한 아직 훤한 동안의 트라운키르헨은 조용히 작가의 흔적이나 소설의 느낌을 좇아가기에는 너무 소란스럽다. 호젓한 호반의 동네가 아니라 이 일대에서는 이름난 여름 휴양지인 것 같다. 그래도 여행자 입장에 다행이었던 건, 크렘스뮌스터를 떠나면서 호텔 프런트에 부탁하여 방을 미리 전화 예약하다가 마침 빈 방이 하나 나서 호텔 방을 얻을 수 있었다는 것이었다. 그 방이나마 없었다면 트라운키르헨의 천지에서 절대로 방을 얻을 수 없었을 수도 있었겠다. 그렇게 운 좋게 잡은 방인데, 게다가 호텔방 베란다에서는 바로 눈앞에 펼쳐진 호수 전경과 마주할 수 있고 호수 너머의 뾰족하고 날카로운 봉우리의 바위산들이 한눈에 들어오는 기막힌 전망을 마주할 수 있어서 그건 더없는 행운이었다.

덤으로 받은 다른 행운은, 이 동네는 낮 시간과는 전혀 달리 해가 지고 사람도 새도 모두 보금자리로 들고 나면 세상이 쥐 죽은 듯 조용하다는 것이었다.

장소들의 편린

해질 무렵에서 해 뜰 무렵까지, 사람들이 모두 방으로 집으로 돌아가

요한네스베르크

고 부산하던 분위기가 잦아들면 일대는 전혀 다른 곳이 되어 간다. 이 거대한 호수를 끼고 여기저기에 조금씩 흩어져 있는 잔편들이 소설 속의 그 많은 장소가 되어 퍼즐 맞추기처럼 자리 잡기가 시작된다. 트라운 호수 일대의 여러 장소들이 몽타주되어 "백부댁과 그 섬의 둘레"라고 하는 소설 속의 가상의 무대로 모여드는 것이었다.

〈외로운 노인〉은 단순한 줄거리에 간단한 구성으로 전개되는 소설로, 소설의 원래 본성인 스토리 중심이라기보다는 호수 주변의 경관이 시시각각 달라지는 경관을 마주하는 느낌을 섬세하게 표현하는 데 훨씬 힘을 준 작품이다. 트라운 호수 주변 여러 곳에서 그런 느낌을 받을 수 있는 장소들을 만날 수 있다. 요한네스베르크와 선착장, 슐로스 오르트의 안마당, 이런 것들이 작품의 무대가 되고 경관을 묘사한 그런 장소가 되어주었고 여기에 크렘스뮌스터의 수도원 김나지움 교정석상들이 황폐한 과수밭의 석상이 되어 〈외로운 노인〉의 여러 장소들이 되어 삽입되어 간다.

장소들, 때로는 소설의 그것 같고 때로는 작가의 상상력이 가미된 것 같지만 그 여러 장소들을 한자리에 모아놓으면 작품에서 묘사된 장소들이 되어간다. 그 시대는 영화라는 매체가 아직 존재하지 않던 때였지만 소설의 무대가 된 여기저기 흩어져 있는 여러 작은 장소들을 스토리 배경으로 엮어보면서, 이들이 모두 오늘날 영화 촬영 장소를 물색해가는 로케이션 헌팅과 무척 닮았다고 느꼈다. 그래서 더욱 이 작품은, 소설이 아니라 주인공 빅토르의 눈과 마음을 빌려 트라운 호수 일대의 경관을 그려둔 풍경화와도 같은 느낌이 드는지도 모르겠다.

① 선착장

　백부와 조카는 서로 첫 만남이었다. 문을 열어줄 생각도 문을 열어달라고도 않은 채 굳게 닫힌 철문을 사이에 두고 둘 간의 대면에는 팽팽한 긴장감이 돌았다. 노인은 빅토르가 데리고 온 개를 갖다 버리라고 했고 빅토르는 전혀 그럴 생각이 없노라며 옥신각신하다가 그대로 되돌아 나와 버렸다. 그 길로 선착장으로 돌아 나왔으나 아까 타고 들어온 보트는 이미 사라진 지 오래고 달리 섬으로부터 밖으로 나갈 수도 없었다. 별 도리 없이 다시 백부댁으로 들어가긴 했지만 둘 간의 어색함과 냉전 상태는 여전했다. 백부는 백부대로의 일상을 보내고 빅토르는 또 자기 나름대로 이 섬에서의 생활과 백부와의 껄끄러운 관계를 유지하면서 무료한 섬에서의 나날을 지냈다.

　사방으로 물에 갇히고 섬 둘레로 가파른 벼랑, 그리고 달리 어떻게도 나갈 수 없는 섬의 상황은 선착장에서 이어지는 수도원 외벽은 호안의 높고 낮은 언덕과 계곡이 진 저지의 큰 오르내림 경사를 따라 굳건한 방벽처럼 이어진다. 선착

트라운키르헨의 선착장과 수도원 담을 따라 이어지는 수변 산책로

크렘스뮌스터 김나지움 교정의 작은 분수와 그 둘레에 둘러서 있는 난쟁이 석상들

장과 호안의 옹벽, 교회 앞의 작은 공원을 원래 있었을 것 같은 울퉁불퉁한 자연지형으로 되돌리고 보면, 섬에 도착한 빅토르가 스피츠와 함께 폴짝 뛰어내린 그곳, 섬 둘레에서 유일하게 배를 댈 수 있는 곳이라고 했던 작은 백사장과 흡사해진다. 수도원 외벽을 따라 호안의 산책로를 거닐다보면 곳곳에 벤치가 있거나 잔잔한 호수를 바라볼 수 있는 조망하기 좋은 곳들이 펼쳐 있다.

　호텔 베란다에서든 호반의 언덕 벤치에서든, 앉은 자리 맞은편으로는 언제나 잔잔하게 물결이 이는 수면 위로 희미하게 하얀 빛깔의

크렘스뮌스터 김나지움 교정의 난쟁이 석상들. 요즘 대량 생산되는 정원 장식용 석상과는 달리 한눈에 보이기에도 수백 년은 족히 되었을 것 같다.

바위산 그리젤리의 산기슭 그림자가 드리운다. 저녁 무렵이면 호반의 바위산과 수면에 드리운 산 그림자의 향연이 펼쳐진다. 이 향연을 어떻게 표현할 만큼 문장력이 따라주지 않는다. 작가는 이렇게 읊었다.

어느 새 섬의 해안으로 많이 들어왔다. 비교적 낮은 바위들이 있는 곳으로 배를 저어갔다. 부드러운 모래로 이루어진 작은 만을 형성하고 있었으며 완만한 오르막을 그리며 숲 쪽으로 이어졌다. 노인과 소녀는 곧 뱃머리를 돌려서 모래사장으로 향하게 했다. 노인이 먼

저 내려서는 뱃머리의 사슬을 끌어당겨 배를 섬에 바짝 댔다. 덕분에 빅토르는 발을 적시지 않고 배에서 내릴 수 있었다.

"바로 보이는 이 길을 곧장 가면 암자가 나옵니다." (《외로운 노인》 p.75)

② 석상, 황폐된 공원의 과수밭, 난쟁이 석상들

선착장에서 배를 내린 빅토르는 희미하게 나 있는 흔적을 따라 섬 안으로 깊숙하게 들어갔다. 섬은 겉보기와 달리 깊은 골짜기를 이루고 있었다. 개울도 하나 건너고 잡목이 우거진 곳을 지나 황폐했지만 분명 사람 손길이 닿은 적이 있었을 것 같은 곳에 이르렀다. 덤불과 활엽수 사이로 난 길은 오르막이 되어 산을 따라 이어지고 관목 숲이 끝나는 곳에는 어두운 초원 위에 질서정연하게 둘러선 웅장하고 건장한 단풍나무들이 서 있었다. 사방에는 무성한 덤불로 뒤덮여 길의 흔적만 남아 있는데, 묘한 기분을 불러일으켰다. 덤불이 우거진 곳을 헤치며 지나자 분명 예전에 사람 손길이 닿았던 것 같은 아주 이상한 곳이 나왔다. 과일나무들도 있는데 관리가 되지 않아 열매는 거의 쓸모 없는 상태로 달려 있고 잡초 무성한 언저리에는 정원을 장식했던 난쟁이 석상이 여럿 잡초에 파묻혀 있었다. 어떤 녀석은 비파를 들었고 또 다른 녀석들도 모두 무슨 악기인가를 하나씩 들고 있었는데, 팔이 잘려나간 것도 있었다.

덤불과 활엽수 사이로 난 길은 이제 오르막이 되어 산을 따라

이어지고 있었다. 관목 숲이 끝나면서 웅장하고 건장한 단풍나무들이 어두운 초원 위에 질서정연하게 둘러서 있었다. 예전에는 이곳으로 길이 나 있었던 것이 분명한데, 지금은 사방에 무성한 덤불로 뒤덮여 길의 흔적만 남아 있었다.

　　나무 아래 풀밭 한가운데에는 돌로 된 둥근 우물이 하나 있고, 곳곳에 백파이프, 리라, 클라리넷 같은 갖가지 악기류를 손에 들고 있는 난쟁이 석상들이 서 있었다. 대부분 몸체가 잘려나가고 그들 사이엔 길은 고사하고 발걸음으로 다져진 흔적 하나 없이 무성하게 자란 풀만 들어서 있었다. 이 이상한 정원을 잠시 들여다보고는 다시 앞으로 나갔다. 정원에서 이어지는 길은 낡은 돌계단을 지나 작은 도랑을 만나면서 아래로 내려가다가 도랑 건너편에서 다시 오르막이 되었다. 도처에 덤불이 있었듯이 이곳도 마찬가지였다. 그 너머로 창문도 없는 높은 담벼락이 서 있었다. 외벽에는 쇠창살로 된 문이 있고 그곳에서 길이 끝났다. (《외로운 노인》 p.77-78)

석상들, 어디에서 만난 적이 있었던 녀석들. 슈티프터가 다닌 크렘스뮌스터 김나지움 뜰, 화단 경계를 따라 서 있던 난쟁이 석상들, 분명 그 녀석들이었다.

③ 오르트, 백부댁 마당
처음 대면한 백부와 한차례 심하게 부딪치고 빅토르는 문전에서 되돌아 나왔다. 그러다가 다시 불려들어가긴 했지만 빅토르는 여전히 심란했다.

집 안 2층으로 올라가는 나무 계단이 마당에 바짝 붙어 있었다. 마당은 다른 곳과 마찬가지로 덤불에 둘러싸여 있었고, 수풀 뒤로 산 상의 호수 지역에 흔히 나타나는 부드러운 안개가 붉게 물든 그리젤 산의 암벽들을 따라 자욱하게 피어오르고 있는 것으로 보아 마당 너 머에서 호수가 다시 시작되는 것이 분명했다. (《외로운 노인》p.78)

백부가 안내해준 집안, 철문으로 굳게 닫힌 복도, 복도를 지나면 다시 좁은 통로가 나타나고 또 하나의 굳게 닫힌 철문, 여러 겹 철문마 다 열쇠꾸러미에서 골라낸 묵직한 열쇠로 문을 열고 들어가서야 나온 복도 양 쪽으로 길게 놓인 여러 방들. 각 방마다 또 잠금장치가 되어 있었다. 백부는 그 중 한 방문을 열고는 앞으로 빅토르가 묵을 방이라 고 했다.

"여기가 네가 앞으로 사용할 두 개의 방이다."
백부는 첫 번째 방 탁자 위에 놓인 초에 불을 붙이고는 곧바로 나갔다. 철문 잠그는 소리와 슬리퍼 끄는 소리가 들렸다. 집 안은 다 시 쥐죽은 듯 고요해졌다. 철문 소리를 제대로 들었는지 확인하고 싶 어서 빅토르는 복도로 나가서 살펴보았다. 백부는 정말 철문을 자물 쇠로 채워놓았다. "가엾은 노인, 내가 그렇게 두려운가?"(《외로운 노 인》p.94)

방안에 들어서면서 빅토르가 느꼈을 그대로 엄습해오는 으스스 한 느낌.

슐로스 오르트. 중세 때는 수도원이었다. 슐로스 내부에는 작은 중정을 둘러싸고 3층 규모의 건물이 둘러져 있는데, 〈외로운 노인〉의 철문 너머로 들여다보이던 백부댁 마당과 2층으로 오르는 계단 같은 것들이 연상된다.(위) 방벽처럼 둘러 있는 외벽과 외벽을 따라 작은 오솔길 같은 통로가 있어서 섬을 반 바퀴 정도 둘러볼 수 있게 되어 있다.(가운데) 호수 아래로 돌 말뚝이 줄지어 박혀 있는 데, 외부로부터 선박이 접근하지 못하게 했던 방어책인 것으로 보인다.(아래, 오른쪽)

트라운키르헨의 호텔에서 맞은 첫 밤, 회랑을 지나치다 바깥의 세속으로 나오는 길을 잃었던 빅토르처럼 잠이 오지 않았다. 거의 뜬눈으로 맞은 새벽, 그리고 다시 해뜨기까지 베란다에 나와 앉아 쏟아져 내리듯 총총 박힌 하늘의 별들을 보며 밤을 하얗게 새고 나 역시 바깥세상을 모두 잊고 호수와 산악을 마주하고 끝없이 마음을 나누었다. 캄캄해서 아무것도 보이지 않지만 물결 소리, 새벽에 몰아치는 물결, 코겔 너머로 저무는 석양, 별빛. … 한밤중 칠흑 같은 어둠 속에서 호수는 밤새 들썩이고 철썩댔다.

열어놓은 창문의 창살 사이로 밤하늘을 내다보았다. 영혼을 짓누르는 듯한 압박감에서 서서히 벗어나기 시작했다. 별이 드문드문 눈에 띄는 희미한 밤하늘이 그를 내려다보고 있었다. 집 앞을 둘러싼 나뭇잎들이 희미한 달빛을 받아 반짝이는 것으로 보아 집 뒤쪽으로 초승달 한 조각이 떠 있는 모양이었다. 맞은편 산은 완전히 캄캄했지만 오늘 하루 동안 여러 차례 입에 오르내렸던 그리젤산임을 그는 금방 알아보았다. 은빛 하늘을 배경으로 검은 색의 편편한 실루엣처럼 서 있는 산은 아래가 활 모양으로 약간 굽어 있었고 산꼭대기에는 작은 훈장처럼 별이 하나 걸려 있었다. … 머릿속에서 아펠 강변의 수없이 구불구불한 길을 따라 돌고 돌아, 수도원 회랑을 지나치다 바깥세상으로 나오는 길을 잃어버렸다. (《외로운 노인》 p.94-95)

트라운 호수의 북쪽 끝의 도시 그문덴, 호수를 왕복하는 정기여객선 종점 항구다. 항구에 닿기 직전 왼쪽 호숫가 쪽으로 중세시대의 성과 같은 작은 건물이 호수 위로 봉곳이 솟아나 보인다. 그 뒤로는 짙은 숲이 우거져 있고 숲을 배경으로 또 하나의 단정한 모습의 아름다운 건축이 눈에 띈다. 오르트란 이름의 작은 동네인데 지금은 행정구역상 그문덴에 속한 동네다. 숲 속의 바로크풍의 궁과 호수 위에 인공으로 축조된 섬에 세워진 성이 이 동네의 중요한 볼거리가 되어 있다.

그문덴에서 오르트까지는 약간 먼 거리이긴 하지만 평소 우리의 도보 능력으로 보자면 운동 겸 걸어서 갈 만한 거리다. 호숫가 산책로를 따라 산보 겸 걸어가면 적당하겠는데, 마침 날이 상상을 초월하게 뜨겁다. 이즈음 알프스 산악을 넘어서 불어온다는 뜨거운 푄 바람의

트라운 호수 북쪽 끝의 그문덴 항구

영향인 게 분명하다. 이런 날씨에 걷는 건 쉽지 않다.

슐로스 오르트는 인공 섬에 세워져 있는데 단단히 외벽으로 둘러져 있어 흡사 중세의 성채처럼 보인다. 옛날 수도원으로 건설되었다가 훗날 천혜의 요새로 전용되기도 했다는데 요즘은 슐로스 오르트라 부른다. 중세 때는 수도원이나 성이나 모두 방어 중심의 성채를 이루고 있었으니 원래 수도원이었던 때의 용도와 무관하게 성채 같은 외관을 가진 게 입지로나 건축 구조로 보아 중세시대의 수도원으로라면 제대로 맞는 것이다.

섬 둘레에는 호숫가로 겨우 한 사람 지나다닐 만한 오솔길만 나 있다. 오솔길 발길 아래로 시퍼런 호수 바닥이 보일 정도로 맑다. 물속에는 일렁거리는 물결에 반사되어 뭔가 빼곡이 박혀 있는 게 보이는데 돌로 된 말뚝들이다. 그 역시 분명 중세 때부터 있어 왔을 것들이다.

성문 안으로 들어가면 안쪽에는 탄탄한 벽으로 3층 높이의 건물이 둘러서 있는데, 2층으로 옥외계단이 있고 그 가운데로 작은 중정이 있다. 마침 중정에 마련되어 있는 야외 탁자에는 빈자리 없이 사람들이 꽉찼다. 슐로스 중정과 위층으로 오르내리며 둘러보는데 슐로스 오르트 안팎에서 풍기는 분위기는 〈외로운 노인〉의 백부댁을 옮겨다놓은 듯 연상이 되어 온다. 그러다가 어디쯤에서 제지를 받았다. 드라마 촬영 중이니 나가달라는 것이다. 오스트리아 방송사 ORF에서 TV 드라마 촬영 준비를 하느라 분주한 중이었다. 그제야 파악이 된 게 이 많은 사람들은 모두 드라마에 출연하는 엑스트라였고, 우리는 드라마 속의 무대를 헤집고 다닌 셈이었다.

④ 칠흑같은 밤하늘, 갇힌 공간, 닫힌 세상

새벽 동이 트고 세상이 서서히 깨어나고 있었다. 해가 나자 피어 오르던 물안개가 서서히 걷히고 요한네스베르크 바위 언덕 자락의 호 안과 방파제를 마구 두들기던 거친 너울도 아침햇살을 맞으면서 언제 그랬느냐는 듯이 잠잠해졌다. 아침녘의 트라운키르헨은 평온함 그 자 체다. 이게 바로 이 동네의 원래의 모습인 것 같다.

아침 잠자리에서 일어나 주변에 펼쳐지는 자연의 화려함에 놀랐 던 빅토르처럼 베란다에서 내다보이는 아침 호수는 참 평화로웠다.

마주 보이는 그리젤의 산줄기들이 햇살에 찬연히 반짝거리고 있었다. 간밤에는 아무것도 보이지 않아 가장 높아 보였던 그리젤은 그보다 더 높은 산들로 겹겹이 둘러싸여 있었다. (〈외로운 노인〉 p.97)

정말 그랬다. 이른 아침과 함께 이 도시도 아침잠을 깨고 아직 화 장을 하지 않은 민낯의 자신의 모습을 내보여주었다. 빅토르는 소설에 서, 아침이 되어서 창밖으로 내다보니 섬 주위에서 가장 높은 줄 알았 던 그레젤이 그보다 더 높은 산들로 겹겹이 둘러싸여 있었다고 했다. 그것 역시 정말 그랬다. 호수에 갇혔고 산으로 둘러 있어 바깥세상으 로 나갈 길도 막혔다. 트라운 호수를 마주하여 호수 둘레를 돌아다니 고 저녁 무렵 호텔로 돌아오면 달리 할 일을 잊고 그냥 저녁 호수를 맞 았다. 매일의 저녁 일과는 똑같았다. 가볍게 식사를 마치면 산책 겸 호 숫가로 나가 호반의 벤치에서 주변의 풍광과 마주했다. 호수와 주위를 빼곡히 둘러싼 준봉, 곧바로 수면으로 꽂히듯 내려앉은 암벽들이 만들

트라운키르헨의 선착장. 오른쪽은 수도원 담장, 선착장의 정박장 뒤로 무성한 숲을 이룬 곳은 요한네스베르크 작은 언덕 자락이다.

어낸 경관에 아침저녁으로 찾아오는 태양과 달과 별, 시시각각 달라지는 바람, 산에는 부드럽게 푸른빛이 감돌고 골짜기 사이로 하얀 백조처럼 살짝 가라앉은 암벽들이 눈에 띈다. 안개가 말끔히 걷힌 호수는 거대한 거울이 되어 주변의 모든 모습을 호수 위에 다시 한 번 담아낸다. 섬의 끝자락은 암벽인데 높이가 집채 같다. 그 아래를 부드럽게 감돌고 있는 호숫가에는 물이 찰랑찰랑 들이친다. 이런 것들이 만들어내는 끝없이 조용한 풍광에 파묻혀 들곤 했다.

슈티프터

슈티프터는 괴테와 헤세 두 사람의 중간 시기에 활동하였다.
오늘날 슈티프터는 오스트리아의 괴테로 높이 평가받는다.
생전에 그는 크게 주목받지 못하다가
니체에 의해 비로소 그의 문학적 진가를 인정받게 되었다.

슈티프터
문학과 자연

슈티프터 여행

1

독일 사람들도 오스트리아 사람들도 하나같이 슈티프터를 어렵다고들 그랬다. 옛날 식 문장에 좀 길고 다소 익숙하지 않은 어법이 있어 마냥 쉽지는 않지만 원어민 입장에서 보자면 그리 어려울 것도 아닐 텐데 왜들 그러나 싶었다.

〈보헤미아의 숲〉은 첫 번역이었다. 원고가 책으로 출판되어 나오는 과정을 돌이켜보면서 번역이란 게 언어만의 문제가 아니라는 걸 새삼 실감했다. 그보다 뒤에 번역을 시작했던 〈외로운 노인〉보다 한 해 늦게 2004년에 출판이 되었다. 슈티프터의 모든 작품에는 숲과 호수, 거시적으로 바라본 광활한 경관, 시시각각 변하는 자연현상, 미시적으로 관찰되는 세세한 자연, 거기에 자연에 대한 인간의 감정들까지 담겨 있다. 문학작품이라 더욱 그랬을 것 같기는 한데, 특히 경관에 관한 부분을 비롯해서 작품 현장을 보지 않고는 이해하지 못했을 부분도 있었다. 글 속에 담겨 있는 경관, 경관 속에 담겨 있는 작가의 시적 감성을 제대로 옮겨 묘사하기가 쉽지 않았다.

독자의 입장에서는 글로 묘사된 경관, 인간과 자연 간의 교감처럼 소설에서 다루어진 경관의 상황을 따라가기 쉽지 않을지 모르겠다. 독일과 오스트리아 독자들이 어렵다고 느끼는 것은 아마도 그런 이유였을 것 같다.

2

슈티프터와 함께 했던 그 여행의 키워드는 '오스트리아'와 '자연'이었다. 그리고 그 자연은 '숲과 호수'였다. 린츠 시절에 발표된 단편집 〈얼룩돌 Bunte Steine〉은 전에 발표된 작품 중 청소년 문제를 다룬 소설을 추려서 엮은 단편의 모음인데, 각 단편에는 '수정', '석회석' 등 돌 이름을 딴 제목들이 붙어 있다. 슈티프터는 〈얼룩돌〉의 서문에서 그의 작품세계와 이상을 즉 조용하게 존재하는 자연의 본성으로 "조용한 법칙"을 이야기한다.

산들바람, 졸졸 흐르는 시냇물, 곡식의 성장, 바다의 물결, 대지의 신록, 푸른 하늘의 광채, 반짝이는 별, 하늘 등을 나는 위대하게 생각한다. 쏟아지는 소나기, 집을 부수는 벼락, 파도를 일으키는 폭풍, 불을 뿜는 화산, 대지를 뒤흔드는 대지진이 나는 더 위대하다고

생각하지 않는다. (《보헤미아의 숲》 옮긴이 해설 p.215)

슈티프터는 평생 오스트리아를 벗어난 적이 없었다. 물론 슈티프터 당시의 오스트리아-헝가리 제국을 염두에 둔 이야기지만, 그의 모든 작품의 무대 역시 오스트리아를 벗어나지 않았다. 그만큼 슈티프터는 향토적 성향이 짙었다.

슈티프터의 작품에는 반드시 실제의 무대와 장소가 있고 그 묘사역시 매우 사실적이다. 그 모두가 사실주의의 일반적인 특성이기도 하지만 슈티프터의 문학은 '사실주의'라는 설명만으로는 충분하지 않다. 자연에 대한 감정이 가득 담겨, 독자의 입장에서 따라가기 쉽지 않은 미세하게 살아 움직이는 경관의 현상들로 가득 채워져 있기 때문이다.

슈티프터의 작품에서 자연은 늘 감동적인 대상이자 경외의 대상으로 부각되어 있다. 슈티프터에게서 자연은 독일 낭만주의에서 자연처럼 환상적 모습으로 그려진 상상의 공간이 아니라, 숲과 호수로 대표되는 체험을 통해 표현된 객관적인 현실 공간이었다. 슈티프터를 읽다보면 한 세기 반이 넘는 시공간의 차이를 느낄 수 없다. 그리고 아름다운 숲과 자연의 소중함을 일깨워주는 그의 뛰어난 묘사는 독자들을 소설의 무대로 빨려들게 하는 힘이 있다.

슈티프터를 따라 여행했던 2003년과 2004년은 마침 2005년의 탄생 200주년을 맞이하여 오스트리아 린츠를 중심으로 체코와 독일 바이에른이 함께 대대적인 기념사업을 기획하고 준비하던 때였다. 숲의 작가, 보헤미아의 숲을 무대로 세 나라의 국경을 넘어 철의 장막을 사이에 둔 오랜 동안의 동서냉전시대의 간극을 뛰어넘고 나라와 민족 간의 갈등을 해소하여 하나로 맺게 해주는 인물을 기념하는 분위기였다.

보헤미아 숲, 독일어로 뵈머발트라 일컬어지는 체코 남부의 숲과 독일의 바이에른 숲, 그리고 북부 오스트리아 일대의 세 나라의 국경을 넘나들며 슈티프터의 발자취를 찾아볼 수 있다. 오버플란의 생가, 보헤미아 숲의 플뢰켄슈타인 호수, 크렘스뮌스터의 수도원 김나지움, 빈의 가난했던 시절의 살던 곳, 즐겨 그렸던 그림의 장소, 락켄호이저 별장 등 그의 흔적은 작품에서뿐 아니라 오늘날도 현장에서 생생하게 체험할 수 있다. 그 중에서도 숲과 호수는 그의 인생과 문학에서 불가분의 관계에 있다.

3

슈티프터는 1805년 10월 23일 보헤미아의 오버플란에서 가난한 직조공의 6남매 중 장남으로 태어났다. 산업혁명의 대량생산 체제에 밀려 더 이상 직조공의 생계가 보장되지 못하게 되면서 부친은 농사를 짓게 되었다. 아버지가 이른 나이에 교통사고로 사망했고 어린 슈티프터는 조부모 슬하에서 성장하면서 초등학교 시절 어려운 살림을 도왔다. 그 시절 할아버지와 들일을 하면서 경험한 고향의 숲과 산은 그의 마음을 풍요하게 했다. 슈티프터는 어린 시절 고향에서의 일을 이렇게 회상하곤 했다.

밭을 갈고 써레질을 하였고 소와 가축도 키웠다. 들판의 고요하고 장엄한 침묵의 세계에 늘 둘러싸여 이 두 해 동안 주변의 고요하

고 아름다운 자연과 한적함을 사랑하는 법을 배웠다. (《보헤미아의 숲》
옮긴이 해설 p.210)

유년시절의 추억(《초원의 마을 Das Heidedorf》), 문학의 재능을 일깨워
준 할머니의 옛날이야기 드라이제셀 전설(《보헤미아의 숲 Der Hochwald》),
뱃사공이 들려주는 수도승 이야기(《외로운 노인 Der Hagestolz》) 같은 여러
소설에 등장하는 이야기들은 소설과 별개로서 생생한 기록과 문학으
로 자리 잡고 있다. 성가대 합창단원이었던 그의 음악적 감성은 훗날
헤세가 칭송했던 "들꽃Feldblumen"으로 승화되어 작품 속에 녹아들었다.
슈베르트에 열광했고, 베토벤을 아름다운 마음의 보석을 끌어내어 눈
부신 빛을 발하게 하는 마법사로 칭송했다.

커다란 지구본, 그리스 로마 고전과 라틴어 도서로 가득한 수도
원도서관, 그리고 천문대에서 관찰한 하늘에 관한 미지의 세계의 탐구
등 슈티프터가 학창시절을 보냈던 크렘스뮌스터의 베네딕트 수도원
김나지움은 그의 학문에 대한 열정과 지식에 대한 욕구를 채워주기에
부족함이 없었다. 작가 자신의 말처럼 "크렘스뮌스터에서 경험한 소년
시절은 영원히 잊지 못할 아름다운 순간. 나의 모든 젊음과 추억이 어
린 곳"이었다.

아름다운 경관 너머로 매일 푸른 알프스의 화려한 모습을 바라보
면서 그림을 배웠다. 훗날 화가로서 활동하며 전시회도 갖고 작가로 이
름을 내던 때도 그 자신 화가로 불리기를 좋아했다. 그림에 대한 이런
정열은 그의 문학에서 독특하고 섬세한 사실적 경관묘사로 발전된다.

1826년 빈 대학에 진학, 빈에서는 경제적으로 어려운 시기였지만

코겔에서 내려다보이는 인간세계의 숲과 호수의 자연, 포이어코겔에서 조감되는 트라운 호수 에벤제 일대

다흐슈타인 정상이 바라보이는 고자우 호수의 츠비젤 알름

다흐슈타인의 츠비젤 알름

1840년 〈콘도르〉를 발표하고 이후 10년 동안 〈할아버지의 가방〉, 〈초원마을〉, 〈보헤미아의 숲〉, 〈숲 속 오솔길〉 등 왕성한 창작활동을 했다. 빈 생활을 청산하고 1848년 린츠로 옮기면서 슈티프터의 활동은 작가로서 교육자로서 새로운 국면을 보인다. 〈콘도르〉, 〈보헤미아의 숲〉, 〈외로운 노인〉 등 우리의 '책과 함께 한 여행'에서 동행한 작품의 범위에서 보자면, 린츠로 옮겨가기 전 빈에서 활동하던 40대 전후의 시대에서 발을 멈추게 된다.

슈티프터는 괴테와 헤세 두 사람의 중간 시기에 활동하였다. 오늘날 슈티프터는 오스트리아의 괴테로 높이 평가받는다. 낭만주의 작가 아이헨도르프(1788~1857)로부터 "자연을 진심으로 이해하는 작가"라고 높이 평가받기도 했지만 생전에 그는 크게 주목받지 못하다가 니체(1844~1900)에 의해 비로소 그의 문학적 진가를 인정받게 되었다.

니체에 이어 토마스 만(1875~1955)은 슈티프터를 특이하고 사려 깊으며 놀랄 정도로 감동적인 세계문학 작가로 꼽았고, 헤르만 헤세(1877~1962)는 평소 슈티프터의 작품을 읽으면서 그 작품의 명쾌한 아름다움에 감탄을 금치 못했다.

행복에 관한 이야기

슈티프터의 발자취를 따라간 그 여행, 여행이긴 했는데 소설과 함께한 색다른 경험이었으니 그 점에서 보자면 일종의 문학기행이었다. 문학기행으로서 문학으로 묘사된 숲과 호수의 자연을 현장에서 다시 만나는 데서 오는 만족감은 일반 여행과는 분명히 달랐다.

원고를 읽다가 불현듯 '소설의 무대'를 가보고 싶은 충동을 느껴 시작된 거라 했지만, 그렇다고 정말, 솔직히 이야기하자면, 그렇게 하루아침에 후다닥 "가자, 숲으로!" 뭐 그럴 만큼 젊은 혈기 넘치는 나이도 아니었고, 또한 유럽이란 곳이 그냥 집을 나서서 고속터미널로 달려가 동해안이든 서해안이든 바람 쐬러 갔다 오듯 하는 그런 곳이 아닌 터에, 아무럼 그저 마음먹고 내달려 가고 그렇게 정말 아무 작정도 없이 우발적으로 결정한 건 아니었다.

오래전부터 나는 어렴풋이 뭔가 생각해오던 게 있었다. 대략 잡아보면, '나만을 위한 여행' 같은 것이었다. 정말 그런 게 있다면 어떤 식의 여행일까? 무슨 연구를 시작하느라 사전답사 겸 어디를 갔다 온다거나 출장 다녀오는 길에 잠시 부근 어딘가를 들러 온다거나, 아니면 누군가와 동행하여 안내를 하거나 가르치거나 하는 그런 일상 속의 여행이 아니라 정말 다른 뭔가는 눈곱만치도 고려하지 않은 진정 나를 위한 여행, 실체가 없는 막연한 생각이었기에 그게 어떤 방식의 어떤 형식이 여행이 될지는 감이 잡히지 않은 상태였지만 나름 줄기차게 나의 화두가 되어 있었다.

40대를 넘기고 50대로 접어들던 2002년부터 차는 가지고 있되 꼭 필요할 때 비상시에만 쓰기로 하고 운전대에서 손을 놓았다. 거의 그즈음 노후 운운 하는 생각을 시작하고 있었다. 노후? 그 나이에 벌써 노후 걱정을? 솔직히 이야기하자면 노후 계획은 그보다 훨씬 일찍, 40대부터 시작하는 게 좋다고 생각한다. 노후란 말의 어감이 좀 좋지 않다면 '은퇴 후, 장기계획'이라 해봐도 좋겠고, 그도 아니면 노후든 뭐든 그런 것과는 무관하게 순전히 '나를 위한 무엇'에 투자하는 일을 구상해보면 좋겠다는 건데, 자의든 타의든 직업적인 일에서 자유스러워지는 때 은퇴 후 노후를 이야기하게 되는 것이다. 직업적으로 수행해야 할 의무 혹은 왠지 꼭 그래야만 할 것 같아 의무적으로 해온 일로부터 벗어나 그간 미루어왔던 진정 내가 좋아할 일을 계획한다고 해도 좋겠다.

아무튼 그런 은퇴 후에 관한 생각과 '느닷없이 떠난 그 여행'은 전혀 무관하지 않았다. 슈티프터의 소설 번역 원고를 받아들고 교열이란 걸 하다가 급기야 소설에 빠져들어 거기 한번 가보면 참 좋겠다는 생각을 했을 때, 내심 그 여행이 어쩌면 내가 구상하던 '나를 위한 여행'의 한 형태가 되지 않을까 싶었다. 그 여행은 문학 기행이자 문학현장의 생생한 경관을 만난 '책과 함께 하는 여행'이었다.

우리가 여행을 한 때는 동서냉전의 해빙 무드가 된 지 그리 오래
되지 않을 때라 동구권 국가의 국경을 넘나들며 긴장하고 스트레스도
받고 했다. 그로부터 10여 년이 지났으니 그것도 모두 옛말이 되었을
것이다. 크고 작은 고생과 무지함에서 온 착오도 많았지만, 여행을 마
치며 돌이켜보자면 그 여행은 분명 나의 마음을 어루만져주었고 치유
해주었다. 힐링…이라기보다는 나를 행복하게 해줄 일이 무엇인지 눈
뜨게 한, 감성을 울려준 여행이었다.

집에서 그리 멀지 않은 곳에 작은 산사가 있다. 걸어갔다가 오기
에 별로 힘들지 않은 정도라 별다른 일이 없으면 매주 주말이면 운동
삼아 갔다온다. 지난 주말, 원고를 마무리하는 막바지 검토를 하며 온
통 머리에는 원고의 마무리를 위한 특별난 뭔가를 찾느라 욕심스런 잡
념으로 가득 차 있었다. 마침 몇 걸음 앞쪽에 모녀간으로 보이는 두 사
람이 다정히 팔짱을 끼고 산을 내려가는 중이었다. 그리도 다정하고
정다울 수 없었다. 딸은 엄마를 위해 조고조곤 이야기를 해주고 엄마
는 정성스럽게 대답과 리액션을 주는 게 어찌 그리 듣기가 좋은지.

어느 앙케이트 조사에서 나온 이야긴데, 돈이 많다고 반드시 행복
해하는 것이 아니란 조사결과가 나왔대요.

그래?

응, 어떤 이야기인가 하면…

무심결에 들리는 두 사람의 대화는 돈이 없는 사람들은 돈 많은
사람들이 행복할 것 같다고 하지만 정작 돈이 많은 사람들은 모두 행

복해하지는 않는다는 내용의 이야기였다. 무척 흥미로웠다. 거기 바짝 귀를 기울여보는데 대략 이런 이야기였다.

부자가 반드시 행복한 것은 아니라는 게 아주 당연한 걸로 여기지만 실제로는 돈이 많기를 학수고대하는 현대인들, 왜 그러는지 그리고 어떤 걸로 해서 그런지 구체적으로 생각해본 적은 없다. 돈 많은 사람들 중 어떤 사람들은 자기가 행복하다고 여기고 또 어떤 사람들은 행복을 느끼지 못한다는데, 재미있는 것은 거기에는 각 유형의 사람들에게서 발견되는 공통점이 있단다. 행복해하는 사람들은 자신의 돈을 여행하는 데 투자를 하고 있더라는 것이고 행복하지 않다고 생각하는 사람들은 대부분 먹고 마시고 물건 사는 데 투자를 하더라는 것이다. 물건을 사고 그걸로 뭔가 하고 싶은 걸 충족하려 하지만 그것으로는 결코 채워지지 않고 여전히 모자람이 남는 것인데 비하여, 여행을 한 사람들은 마음 깊이 뭔가 가득 채워 포만감과 충족감을 느낀다는 결론이란다.

줄곧 뒤따라가면서 나는 그냥 혼자 속으로 '그래요, 그래요. 맞아요. 그게 정답이에요.' 그러고 있었다.

| 문헌 출처 |

1. 소설 〈보헤미아의 숲〉

아달베르트 슈티프터 저, 권영경 역, 〈보헤미아의 숲/숲 속의 오솔길〉, 대산세계문
학총서 034, 문학과지성사, 2004
<u>인용부분</u> p. 12~13, 14, 15, 61~62, 72, 123, 133, 210, 212, 215

2. 소설 〈외로운 노인〉

아달베르트 슈티프터 저, 권영경 역, 〈외로운 노인〉, 이삭줍기 09, 열림원, 2003
<u>인용부분</u> p. 70~71, p.72~73,74, 75, 77~78, 78, 94~95, 97

3. 소설 〈콘도르〉

아달베르트 슈티프터 저, 권영경 역, 〈콘도르/브리기타〉, 고려대학교 청소년문학
시리즈 025, 고려대학교출판부, 2011
<u>인용부분</u> p. 6, 12~13, 15, 18, 21, 22, 23, 24, 47

4. 기타

지그프리트 겐테 저, 권영경 역, 〈독일인 겐테가 본 신선한 나라 조선, 1901〉, 책과
함께, 2007
<u>인용부분</u> p. 274

헤르만 헤세 저, 두행숙 역, 〈헤르만 헤세의 정원일의 즐거움〉, 이레, 2001
<u>인용부분</u> p. 99

숲의 작가 슈티프터와 함께 한
오스트리아 여행

보헤미아 숲으로

초판 1쇄 인쇄 2016년 1월 8일
초판 1쇄 발행 2016년 1월 15일

지은이 / 정기호 · 권영경
펴낸이 / 정규상
펴낸곳 / 성균관대학교 출판부
출판부장 / 안대회
편집 / 신철호 현상철 구남희 홍민정 정한나
외주디자인 / 장주원
마케팅 / 박인봉 박정수
관리 / 박종상 김지현

출판등록 1975년 5월 21일 제 1975-9호
주소 (03063) 서울특별시 종로구 성균관로 25-2
대표전화 02-760-1252~4 팩스 02-760-7452
홈페이지 press.skku.edu

ⓒ 정기호 · 권영경, 2016

ISBN 979-11-5550-149-8 (03800)